J. LOUIS LADEUILLE

LES NOIRS DÉLIRES
DE LA
Comédie Humaine

Avec huit illustrations originales de l'Auteur

Toute idée forte crée l'expression,
et l'expression c'est le style.

(HENRY BAUER.)

PRIX : 2 FRANCS

PARIS

1900

Dépôt chez l'Auteur, 5, Rue Git-le-Cœur — PARIS

Les Noirs Délires

DE LA

COMÉDIE HUMAIME

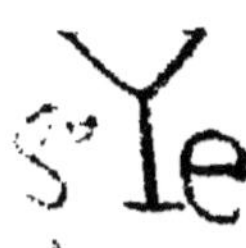

PORTRAIT DE L'AUTEUR

J. LOUIS LADEUILLE

LES NOIRS DÉLIRES

DE LA

Comédie Humaine

Avec huit illustrations originales de l'Auteur

Toute idée forte crée l'expression,
et l'expression c'est le style.

(HENRY BAUER.)

PRIX : 2 FRANCS

PARIS

1900

Dépôt chez l'Auteur, 5, Rue Git-le-Cœur — PARIS

OUVRAGES DU MÊME AUTEUR

LES HORRIBLES POÈMES........................ 0.50

LE CALVAIRE DES TROIS WANCER (Nouvelle en prose).. 1.00

LES POÈMES D'UN CRANE Sous-presse ou suite des NOIRS DÉLIRES DE LA COMÉDIE HUMAINE.

Il est tiré de cet ouvrage 350 exemplaires numérotés à 2 fr.

LECTEUR

Vitam impendere vero.

Pour dévisager les images de mes tableaux
Il faut qu'une intelligence orne vos cerveaux ;
Avec le bon sens qui vous fera comprendre ma poésie
Chantant la vie près de la Mort incorruptible.
Pour ne point t'ennuyer par des paroles vaines
T'offre ce troisième essai qui avec peine
Fut créé pour faire suite aux poèmes Les Horribles.
Si tu veux savoir la valeur de ma marchandise
Lis avec attention ces pages peintes par la franchise
Créatrice de l'auteur du Calvaire des Trois Wancer.

Paris. — Janvier 1900.

L'INVOCATION DU POÈTE

MUSE que je supplie
Inspire la pensée endolorie
De mon débile crâne
Qui, dans ses orages remplis d'images de flammes,
Fait retentir ma sombre lyre
D'un écho qui veut définir
Vérité. Malheur aux nés qui poètes aspirent.
Pour eux le monde est une vision,
La vie l'espace d'un léger instant
Où le rire et les pleurs
Font de la lutte où tous meurent,
Le noir sabbat, drame de la tragédie
Où notre espèce est vile Comédie.
Muse que je supplie
Donne à ma féconde imagination
Ce regard qui découvre le fond
De la vie où un monde
Comme une noire onde

Serpente vers la mer
Où s'engloutit l'humain
Après avoir dévoré son prochain.
Aussi les poèmes que mon crâne veut entreprendre
Où beaucoup de lecteurs ne veulent comprendre,
Chanteront les mystères de la mansarde,
Où le suicide poignarde.
Oui ! Je chanterai la lutte pour la vie
Où le travail des peines essuie.
Je chanterai les jouissances somptueuses
Du privilège qui singe et complice
Est ce tyran qui pourrit dans ses vices.
Je décrirai les complots d'un ministre
Qui sur son bureau, comme un cuistre,
Se joue d'un peuple pour son avarice.
Je chanterai la lutte pour la vie
Où des millions d'efforts dansent l'infinie
Journée qui est notre courte existence.
Oui ! Mes poèmes chanteront, sans clémence,
Les vérités où Jésus sur la croix
Est mort crucifié en donnant la Loi
Fraternelle qui doit réunir sur la terre
Les races instruites de l'avenir sincère.
Oui ! Je chanterai les lueurs futures
Où tous auront pour Dieu la loi de la nature
Qui donne la lumière à la vie,
Fait croître les plantes pour notre nourriture.
Aussi, pour finir, mes Noirs Poèmes chanteront l'infinie
Journée qui est l'existence finie.

LES PENSÉES D'UN BOSSU

Pour délassement après le travail est une pensée
Qui nous fait aimer les souvenirs des Vénus admirées.
Mais, hélas ! Quand on est ce pauvre,
Ce difforme, bossu, il n'a droit à l'alcôve.
Aussi pour sourire, un vil dédain
Le coudoie, avec défi, comme un chien.
S'il était riche, il a droit aux donzelles
Qui trouvent beau quand l'or achète des dentelles,
Des robes et voitures, des diamants, des hôtels.
S'il était riche, je voudrais que les belles,
Les plus jolies filles, aux yeux couleur du Ciel,
Lui disent que, son être difforme, pour elles
Soit d'un beau garçon, surtout quand on paie aux donzelles
Des bracelets, des diamants, des voitures, des hôtels.
S'il était millionnaire, il aurait un Sérail,
Composé de familles qui croupissent sur la paille
Et, mourantes, donneraient leur amour et gain de travail.

Aussi, souriant, il chanterait : Je suis le roi des peines,
Où jeunes et vieux, pour moi, vieillir fait peine.
S'il était millionnaire, des diamants parent les difformes
Aux désirs sans fin qui vit, qu'une fille du Roi de Rome,
Bossue comme lui, aurait de tous les dédains,
Si son père l'eût mis au monde dans le rang des Crève-faim.
S'il était riche, ses fils seraient Ducs, Princes ou Comtes ;
Qui, bientôt Ministres ou Chanceliers, vivant de leurs rentes
Auraient pour lui un somptueux Sérail
Où reluisent les diamants sur les sueurs du travail
Qui, vendu à ses désirs pour un très long bail,
Fait voir des milliers de gueux pourrir sur la paille.
S'il était riche, lui qui sue pour un morceau de pain,
Lui qui demande la charité comme un crève-faim ;
Lui dont l'approche fait sauver un ventre plein ;
Lui qui ne sait si un hôpital le recevra demain ;
Lui ce rejeté de tous, et en hiver se tord les reins ;
Lui, l'aide du curé qui exploite les siens,
Fidèles qui, stupides, adorent les préjugés, son soutien :
Lui, pauvre difforme qui, contre une borne tombera demain
Lui, s'il était riche, aurait de beaux habits et de dédain
Sur ceux qui sont ses amis, les regarderait comme des chiens
Mais, hélas ! bientôt, comme tous, tu seras ferraille
Qui, moitié brisée dans les luttes de la bataille,
Ne laissera, comme poussière, la bave des désirs canailles!

A HENRI BECQUE

Oh ! sublime homme, que tu es grand ;
Et ta statue est si haute qu'elle bafoue l'écœurant
De notre siècle grotesque,
Ou assemblage égoïste du pédantesque.
Tu n'étais point ce vulgaire
Dont le nom vil est plagiaire ;
Lui, homme de Lettres il fut,
Et incompris il vécut.
Tu n'étais point ce flatteur
Qui, pour plaire à tous, sans peur
Vend sa conscience et plus encore,
Comme une pourriture de corps,
Sème la platitude infecte de leur monde
Par des effets qui montrent la nullité
De tous les plagiats avec leur vilités.
Lui, pour le divin art, il vécut,
Et, de l'oubli, son œuvre a survécu.

Aussi, rare, honnête de conviction.
Que tu es noble par ton désintéressement.
Hélas ! les consciences fières
Sont dans les célèbres
Qui, comme toi, importuns de plaire,
Pour leur œuvre sacrifient
Tout, même la vie.

LA DERNIÈRE NUIT DE BURGER

A mon Maître Armand Sylvestre.

L'Allemagne, en chœur, chantait la Léonore
Qui comme le vaste écho, son du Cor,
Au loin, vers une chaumière, réveilla un moribond
Qui, assis sur un siège, les yeux au Firmament,
Semble, de cette extase, se réveiller un instant.

Il était seul, près d'une lumière dont la clarté
Illumine des gravures et portraits à demi brisés.
Là, le regard à la fenêtre, Bürger, prêt à quitter la vie,
Miné par le chagrin, semble avoir perdu son génie.
Sa longue chevelure de quarante-six ans a blanchi,
Son visage, d'autrefois sans rides, a vieilli
Et, aujourd'hui, semble, avoir perdu la joie et sombre,
Bürger, dans son mal, n'est plus qu'une ombre.
Tout à coup, ses yeux se portent sur une image,
Celle qu'un sourire donnait à la Poésie
Ce chant suave où se grava le génie,
Toi qui fis, à ton approche, tressaillir d'aise mon âme ;
Toi qu'un mot de consolation, de délices, me pâme,
Ma Léonore ! Aujourd'hui, ne voyant plus que ton image
Dans l'éphémère espace, fais voir ce visage
Et, muette, m'appelle à longue voix pour l'inconnu.
Aussi, malheur à ma gloire qui a trop vécu.
Là, les yeux au ciel, semblait se mirer dans le firmament.
Aussi terrible est l'angoisse de la voix de la confession.
Nature suprême ! bénis le poëte dans son dernier Chant.
Oh ! les fleurs viennent de s'évanouir,
Et beau printemps qui bientôt va finir.
Te rappelles-tu d'autre fois ? De ce bonheur
Où moi et Léonore on s'adorait de tout cœur.
Hélas ! Cette ombre fut un ange sublime.
Aussi, terrible fut ce jour où mes rimes
Tremblèrent sous ma main de fièvre
Qui sentait que, bientôt, devait s'ouvrir la bière.
Qui fait nos destinées ici-bas ?
J'ai dédaigné ma première femme qui expira
Au jour où, Bürger, à ses genoux,
Lui, noble poëte, dans son injuste courroux,
Venait de percer ce noble désintéressé cœur

Qui donne son sang à toute heure
A celui qui, ingrat, adorait la Léonore.
Qui fait nos destinées ici-bas ?
Après mon crime, je me crus heureux
D'avoir en possession ce trésor mon vœu.
Lors que la destinée, qui se joue ici bas
De nos courts instants de bonheur si courts,
Voulut que Bürger maudisse le jour
Où il perdit Léonore son divin amour.
Sous des regrets où jaillit l'amer des pleurs
Qui tracent en nous des sillons qu'on meurt.
Aussi, Bürger souffrant maudit la destinée
Cruelle qui donne aux rares des flammes élevées,
Où les enfouit à jamais pour l'éternel ;
Où, tous les humains vont à l'heure sonnée.
Monde d'ici-bas où, les uns courent épouvantés
Et qui n'ont jamais bu dans le rare bocal
Où l'amour est un divin consolateur au râle ;
Les fait voir avec leur spectre, ombre pâle,
Encore se retourner, lors qu'un sourire de vie
Montre le dépit de voir leurs compagnes d'orgie
Se rire des corps délabrés, pourris de maladie.
Amour ! On peut te chanter même au pied de la bière.
Amour ! Dans sa beauté suave, gracieux visage
Avec les contours de taille aux traits volages
A des perfides larmes qui te nomme courtisane
Amour ! tu es un lien dans l'existence, et noble âme
Au dévouement inépuisable, tu es si sublime
Que l'humain, à tes pieds, s'offre ta victime.
Amour ! Amour ! tu donnes des flammes de génie.
Amour ! C'est toi l'espérance consolatrice du malheur.
Mais, Amour ! toutes fois est vil quand, dans la vie,
Tu traînes des cadavres dans la boue et la bave.

Amour ! Tu es un miroir si trouble, qu'on lave
Les lettres de la Vérité pour l'impur mensonge.
Amour ! Tu es lèpre et chancre qui ronge
Les cœurs sensibles toute leur vie.
Amour ! Ma Léonore, ma douce amie,
Fleur à peine naissante qui vient de mourir,
Pour toi je quitte la terre où, les êtres qui osent me sourire
Sont des ombres dont je ne peux me souvenir.
A ces mots, Bürger, résigné, ferma les yeux
En laissant un corps qui, bientôt, comme peu,
Sera poussière. Mais de l'oubli, tout à coup,
Le génie chante le chant de l'oraison funèbre
Où Léonore, immortelle, bénit le poëte célèbre.

MARGOT

POUR VINGT FRANCS

MARGOT ! Margot !
Fille des champs,
Tu étais émaux.
Quant à vingt ans
Tu eus des amants
Qui t'adoraient.
Mais tu haïssais
Parce que tu eus peur qu'on submerge
L'honneur de ton nom de Vierge.
Te souviens-tu de l'autre fois ?
Avant d'avoir connu la rue de Blois,
Tu étais belle, quand, vierge,
Tu cheminas sur le Boulevard

Qui, hélas ! perdit ta blancheur de neige,
Vers les minuit, très tard.
Sais-tu le nom et l'âge
De celui qui retourna la page
Sacrée de ton honneur vendu ?
C'était un vieillard
Qui, vieux grognard,
Te souilla dans la rue
Pour vingt francs.

SI MARGOT AVAIT VINGT FRANCS

Si j'avais vingt francs,
J'achèterais des amants.
Mais, de ma beauté enfuie,
Pour que mes larmes s'essuient,
Demande mes vingt ans.
Hélas ! J'ai trente-cinq printemps,
Fanée et sans charmes,
Je cours les rues, et de mes larmes
Ceux qui me connurent
Me fuient pour leur amour futur.
Il y a deux jours sans pain.
Je suis dévorée par la faim.
Mais, déterminée à mourir,
J'allume le réchaud qui doit me finir.

Quoi ! Si je fus humble ouvrière
Avant ce jour serait ouverte la bière.
Sans reproches d'une mort lente,
Margot venait de tomber faiblissante,
Morte sur le grabat du sixième.

LE TESTAMENT DE MARGOT

La police venait d'enfoncer la porte
De la misérable mansarde d'où sortent
Les dernières vapeurs de l'asphyxie.
Là, Margot, couchée et sans vie
Tenait, dans une main crispée,
Une lettre dont l'enveloppe est décachetée.
A cette vue le Commissaire s'en empare
Et, à haute voix, d'un ton criard,
Lit les mots qu'une main tremblante a tracés.
Margot lègue son cadavre à scalper,
Celle qui fut bonne fille quoique prostituée.
Savez-vous mon mal ? Vous pouvez lire.
Ma mort qui fera des gens sourire,
Sur leurs quotidiens apprendront que pauvreté
Oblige pauvre fille pour son pain à se prostituer
Aux patrons, gueux qui s'enrichissent des peines,
Du salon, de la vile et noble boue ou lutte est vaine.

J'ai nourri la loi ; elle qui m'a tué.
Un mal me brise la tête et courtes sont mes pensées.
Aussi, artistes qui, déjà depuis des demains,
Ont oublié celle qui vous servait de mannequin
Vous dit, dans l'agonie, l'éternel adieu
En pardonnant les torts de ces malheureux
Qui achètent l'amour pour un instant.
Terrible est l'anathème de l'agonisant.
Adieu à tous ! Si je fus bergère,
N'aurai-je pas été tous les hivers
Obligée de demander mon pain ?
C'est affreux ! quand on tend la main.
Aussi l'adieu est, pour celles qui, comme moi
Finissent sur le grabat ou à l'hôpital avec effroi.

MON AMI

A Emilien Sylvestre.
(DE MEUSE)

Mon ami était un rare honnête
De talent qu'une noblesse revête.
Dans un vingt-huitième printemps,
Lui, qui venait, en noble conseil, soulager
Mes peines, le vit dans une heure expirer.
Aujourd'hui, pleurant sa perte,
En poëte ne voit plus qu'une ombre
De celui qui, hélas ! ne vécut
Comme ceux qui aiment la vertu.
L'ami sincère n'était point un fat alerte
Qui flatte tous pour avoir bon accueil.

Lui, simple, pieux et juste, était aimé
Et béni, depuis le pauvre qui, sur son seuil,
Recevait l'aumône avec un sourire loyal.
Rude au travail, hélas ! serait-ce le mal
Qui, vers la tombe eut son râle ?
Hélas ! le tombeau cache le sombre secret
Avec l'homme qui aux membres défaits,
Pourris, mais par un ami
Son souvenir est béni.
Il n'était point ce paillasse perfide
Qui, de l'orgie, a pour restes le crâne vide.
Il n'était point ce ridicule médisant
Qui voit dans tous des vices outrants,
Pendant que lui vicieux et le blasant.
Il n'était point ce vil cagot
Qui, à la Sainte Table, en faux,
Cache ses vices sous la religion.
Il n'était point comme le vulgaire
Qui, au matin, se lève pour ses terres
Arrosées de sueurs pour ambition.
Mon ami était un Lamennais
Qui, en simple, des leçons me donnait.
Lui, mon ami, était solitaire
Et, vrai penseur libertaire,
N'était plus ce commun
Qui mange, boit, dort en importun.
Mon ami était un rare humain
Qui sait aimer son prochain.
Aussi, le jour où je l'ai perdu,
Je perdis un ami qui ne vécut
Hélas ! vingt-huit printemps à peine échus.
Lecteur ! sache que mon ami de jeunesse
Avait cette loyauté qui est de la noblesse.

Il n'était point ce perfide qui, au déshonneur,
Conduit l'abandonnée, lui, noble cœur,
Aimait le juste, la vertu et l'honneur.
Aussi, le jour où je l'ai perdu
Je perdis celui qui ne vécut
Hélas ! vingt-huit printemps à peine échus.

LE DERNIER POLONAIS

A mon ami Pierre Lelong.

Au milieu du carnage de l'incendie
Lugubre, se dresse, avec ses murs noircis, Varsovie,
Et Pologne, dans cette tempête humaine,
Semble pleurer, pour toujours, ses gloires anciennes.
Vaincue, elle voyait les rangs immenses des Russes,
Mêlés d'Allemands, d'Autrichiens qui, de ruses,
Comme vautours partageaient ses membres en lambeaux.
Aussi les vaincus, couverts de sang quoique Héros,
Lentement suivaient la grande route de Sibérie,
Au milieu de la neige glacée par le froid. Sans vie,
La colonne venait de s'arrêter. Tout à coup retentit
Un chant glorifiant le passé enseveli.
Au cantique du Cygne dont la voix va au cœur

Fit voir la pitié humaine se réveiller à la vision de la lueur
Qui est l'espérance, la foi du malheur.
Le jour était à son déclin et l'immense colonne
Qui, de tous les âges, sur la route se forme,
Fait voir, dans une marche chancelante, l'enfant au sein,
Pendant qu'à ses côtés, un vieillard pense au demain
Où les corbeaux se nourriront de ses chairs.
Au milieu de ce fleuve de chair humaine
On entend un murmure et, Manikie, qu'on aime,
Couvert de haillons, dresse sa figure fière
Sous la voix mâle rappelant les souvenirs de la Patrie
Qui, pour l'exilé, est la plus sainte poésie.
Lecteur ! arrêtons notre regard sur ce jeune poète.
A la marche lente de ces exilés qui, comme bêtes,
Gravissent le calvaire, fait voir cette face énergique
Qui, à peine à vingt ans, dans son courage stoïque,
Demande au ciel qui, dans cet instant neige,
L'inspiration qui retentit sous les débris du sacrilège
De la guerre qui, dans un jour, ruina l'œuvre des siècles.
....

Pologne ! serais-tu morte pour toujours.
Pour la liberté, France ! viens à notre secours.
Tu es, dans notre désespoir et sans vie,
La dernière larme et l'adieu à la Patrie.
Oh ! France égoïste, tu oublies les bienfaits
Qui relevèrent mille fois tes membres défaits.
A qui demander secours ?
Hélas ! Pologne, pour toujours
Est brisée sous les chaînes
Iniques de la sombre haine
Des tyrans oppresseurs.
France ! oublierais-tu nos cœurs vaillants
Qui, tant de fois se sacrifièrent pour ton nom ?

Viens à notre secours !
Pologne expire pour toujours.
Souviens-toi, oh Français !
Que le dernier Polonais
Fut frère d'armes,
En perdant sa vaillante âme
Pour la grandeur de ton nom.
Mais, les vautours se rassemblant
Sur nous, qu'on se souvient,
Rassasièrent leur hideuse faim
Sur les cadavres de nos frères
Dont les vaillances firent trembler la terre.
Mais, de notre souvenir
Qui bientôt va mourir,
Rappelle, oh ! France,
Pour ta puissance,
Panatiowstri est mort pour la gloire
De ton grand Empereur
S'écroulant de sa splendeur.
Dans l'avenir verra-t-on ? Pologne
Redresser son ombre au cri qui sonne
L'alarme du triomphe de la victoire
Unie aux glorieuses mémoires
De notre Pologne de jadis
Qui fut une libératrice
Des nations qui oppriment.
Oh ! Pays de mes Pères,
Pays de mes aïeux fières,
L'envahisseur a brûlé les chaumières
De nos campagnes désertes devenues cimetières.
Aussi, les fiancés qui, pour toi s'adoraient,
Pour toujours ne seront plus Polonais.
Liberté dans la bière,

Sous une colonne de fer,
Est ma Varsovie
Qui a perdu la vie.
Quand minuit sonne,
Oh ! ma Pologne,
Serais-tu morte pour toujours
Quand Kosciusko quitta le jour.
Mais, quand la cloche sonne
Rappelle-toi, ô Polonais,
Que la Patrie ne meurt jamais.
A ce cri sublime, des millions de regards sur Varsovie
Saluèrent son ombre cachée sous la fumée infinie
Mais, sous le Knout, le troupeau poursuivit sa marche
Sous le linceul de la nuit qui, dans sa tâche,
Couvrit pour un instant le tableau où le vaincu,
Au grand jamais sa Patrie ne verra plus.

A RODENBACH

POURQUOI, ô Rodenbach ! pour toujours
Ta lyre divine s'est-elle, dans un jour,
Brisée contre l'espérance future ?
Pourquoi laisses-tu, sur cette terre,
Des sanglots aux larmes amères ?
Hélas ! les heures de l'existence
Nous sont comptés sans clémence
Comme ceux qui vécurent
L'espace d'un court instant.
Oh ! Rodenbach, ta lyre t'a survécu
Et la gloire future
Inscrira l'œuvre pure
Pour l'Immortalité.
Toi, l'ennemi des coteries ;
Toi, le simple de mélancolie ;
Toi, le noble ami de la vertu ;

Toi et nous, hélas ! ombres passagères ;
Toi l'humble homme de lettre,
Reçois, sur ta tombe, le nom de Maître,
Toi, dont le cœur ne connut l'envie,
Qu'es-tu en parallèle à ces vies
Ignobles dans leurs vendues convictions ?
Un sage dans ses nobles ambitions.

DORLING LE PEINTRE

A Monsieur Rodin, sculpteur.

Sur un grabat du sixième venait de s'endormir
Dorling, dévoré par la faim. Qui peut me secourir ?
Mes tableaux sont refusés partout ! Et vivre !
Ne suis-je point l'humble artiste du labeur ?
Ah ! Pauvre homme harcelé par les déboires, livre
Mon courage au désespoir et demande ma dernière heure.
Dans ce songe le peintre appelait la mort
Lorsque, tout à coup, d'espoir, son visage se colore
A la lumière d'une vision. Sombre femme voilée,
Dans sa beauté antique, tenait le livre des destinées ;
Lors que, s'approchant de l'endormi, fit retentir sa voix.
Jeune homme ! adore l'espérance. Au labeur enfante de toi

L'œuvre originale dont les siècles seront ta défense.
A tes années sorti à peine de l'adolescence
Dont les larmes effleurent l'expérience
T'apprendront plus tard que les droits qu'on donne au Génie
Sont des croix où, souvent, on est crucifié en vie.
La foule dans ses dimanches, en spectateur,
Se riant de l'original artiste qui pour l'œuvre se meurt,
Sait-elle à qui elle donne ce mépris ? Au novateur.
L'art définit la vérité comme les chants des poèmes,
Comme la prose de l'histoire, comme on aime
Les cris qui, à l'esclave, lui fit comprendre ses devoirs.
Les droits de l'homme libre que tous doivent avoir.
L'Italie, berceau des arts et de la pensée,
Elève son image à l'immortalité comme fiancée
Qui donna forme et fin aux germes de ses Génies,
Artisans laborieux dont les noms honorent les siècles
Où ils seraient, même sans protections, la gloire de sa vie
Aussi, peintre de conviction, médite la nature.
C'est dans ce tableau sublime aux leçons pures
Te lèguera les secrets des vérités de l'art.
Médite les nuits infinies et très tard
Quand tous sommeillent, si ton cœur se troubla
D'une étrange émotion ou un pleur tomba
En inondant les maigres joues de ton physique
Ou sur ton chevalet tremble ta main artistique
Dans la pensée de l'œuvre qui finit semble.
Me fait dire que tu es né avec les sens du vrai artiste.
C'est un grand mérite pour celui dans la lice
Lutte contre les obstacles des envieux et médiocres
Et, leur montrant l'homme et l'idée, est la force
Consolatrice de celui qui, au prix de sa vie,
Est l'imitateur de la nature infinie.
A ces mots, délire de l'enthousiasme, vers l'ombre

Dorling tendit sa main lors que d'un ton sombre
Lui dit : L'art est ma vie. Pourquoi refuse-t on du pain
A tous ceux qui souffrent de froid et de faim ?
Et ombre céleste qui donne remède à mon âme
Peux-tu me faire bafouer, avec dédain,
Les lâchetés qui dans l'orgie s'enivrent d'aises.
A ces mots l'ombre découvrit son céleste
Visage où s'imprimait la noble résignation.
Jeune homme ! dit-elle. Je connais les nobles ambitions
De ton cœur artiste. Aussi, reste solitaire,
Si tu veux définir dans ces grands mystères
Les profondes pensées d'illustres maîtres.
L'homme dormait toujours lors que la vision disparut.
Tout à coup, deux petits bras enlacèrent l'ému.
Se réveillant, reçoit d'une bouche mignonne le baiser
Ou Dorling, les yeux vers le ciel visionné
S'écrie : Ma Lisette, mon divin amour !
Pour toi et pour l'Art je jure de vivre jusqu'au jour
De ce déclin de destinée donné à chaque mortel.
Aussi, ce serment du sacrifice oublia les peines
Pour avoir vécu et devenir Dorling, dans sa trentaine,
L'égal des Greuze et des Rosa immortels.

FLEUR DE VIE

Dans les vagues tourmentes de la vie,
O ! fleur à peine qui vient de naître,
Sache, qu'hélas, dans les luttes infinies,
Il n'y a que des déboires dans la vie.
Le court instant du jour à la nuit
Verse parfois l'illusion qui de nous se rit.
Quand dans la lutte pour la vie,
Sans une expérience réfléchie,
On croit à ses alentours voir des bons
Pendant que beaucoup sont des méchants.
Quand on est belle, le courroux de l'envie
Te rendra parfois malheureuse,
Quoique ta fleur soit vertueuse.
Sache que sous tes pas se cachent les médisants
Qui, dans tes plaisirs, sèment déceptions.

Plus tard, après avoir pleuré l'adolescence,
Tu te verras vieillie par les ans, et pour défense,
Donne-toi à la vertu, avec conscience,
Comme une rare fleur qui a vécu.

TIRADENTE

CHANTONS les siècles lamentables couverts de sang ;
Chantons les Héros nés en France et les exilauts
Demandèrent leur pain aux tyrannisés pour prix les délivrant
Des chaînes du dogme armé l'aide du tyran.

Chantons l'espoir du penseur Christ en croix par les préjugés
Meurt par la pensée où le sacrifice est humanité.
O pays superbe orné des richesses de la nature ;
Pays qui semble le Paradis à ceux qui dans toi ne vécurent
Pays montagneux dont les faîtes ornés de forêts
Te montre féerique avec ton ciel au pur azur ;
Mais pays aux étoiles étincelantes tu caches les fièvres
Qui sèment dans tes villes une mort sans trêve ;
Pays que j'ai connu ; Toi jadis le recéleur d'esclaves,
L'assassin pour l'Empereur tu serais resté épave
Si tu avais méconnu ton Benjamin Constant.
O pays de jadis, le soutien des crimes infâmes ;
Puissance du règne des Fazindères sans âmes ;
Grandeur sans limite du dogme Catholique,
S'enrichissaient pour ta décadence, aussi l'oppresseur
Sois maudit, avec tes prêtres et dignitaires de ton Empereur
O pays, te souviens-tu de ce sombre jadis où Pedro,
Maître absolu des consciences, du crime se fit héros.
Le passage d'un sage dans ses jours iniques
Est si noble dans Tiradente, qu'on nomme stoïque.
Ce dévouement pour la liberté montant sur le bûcher.
Conscience du sage victime de Pedro l'Empereur,
Homme nuisible au pouvoir, absolu conspirateur,
Dans un matin le juste s'achemine, sans peur,
Entre deux haies de soldats, vers l'estrade
Où Tiradente, au pilier fatal, est attaché sous les bravades
De l'ignorance humaine convertie au mensonge.
Bientôt, stridente, la flamme qui pétille,
Lèche les pieds de l'homme lors que, dans l'agonie,
Un cri puissant retentit et, contre la tyrannie,
Un républicain laissa pour souvenir
La haine qui vient un jour secourir
Le Brésil esclave devenu libre.

CHANT DU MINÈRE

Un Minère a de la foi.
Pour lui l'esclave est son frère,
Pendant qu'un tyran est notre effroi.
C'est de nous qu'est né ce sage,
Qu'un ordre mit en croix
Pour avoir voulu soulever l'orage,
Délivrance de la Sainte foi.
Libre que tous, dans le Brésil,
A sa fête nationale, couvrent de fleurs,
La statue du Christ rédempteur,
De notre noble sage viril.
O Tiradente, que ta mémoire
S'unisse aux joies des allégresses
De nos foules qui, pour ta gloire,
Saluent ton nom avec ivresse.
Liberté dans l'instruction !

Salue la délivrance émancipant
Notre Patrie chérie.
Salue ce jour où, victime de l'injuste,
Dans son règne d'infamie,
On vit sur les cendres d'un juste,
Le fer rompre les chaînes qui tenaient nos vies
Opprimées dans la boue de la tyrannie.
Salue le jour où les cendres du mérite
Doivent donner vie à la fleur,
Image de l'étoile sans limites,
Pour la liberté sera sa couleur.
O mon pays ! Brésil d'amour ;
O mon pays ! qui me donna le jour,
Toi, le refuge des races de la Terre ;
Toi, le pain de ces misérables frères,
Fléau impuissant de la vieille Europe ;
Toi, l'Idée nouvelle qui en toi se développe ;
Toi, l'amour de la philanthropie ;
Sois béni pour l'avenir des nouvelles vies.

LA SOMBA BRÉSILIENNE

NOIRS ou mulâtres, aujourd'hui brésiliens ;
Eux, qu'autrefois sortis d'Africains,
Comme esclaves portugais
Maudit ce jour infâme
Qui nous martyrisait
Comme des bêtes sans âme.
Vieux et jeunes, allons à l'Eglise ;
Là, encadrés dans une châsse lisse,
Nos chaînes et les armes du supplice
Montrent qu'il faut maudire
Nos tyrans qui voulurent nous avilir.
Fazindères ! courbez la tête,
Quoique vous fûtes nos maîtres.
Aujourd'hui est fête
De la liberté qui vient de naître.

La Somba
Est notre polka.
Aussi, chantons, avec fracas,
La cadence
De la danse.
La Somba est aux noirs et mulâtres,
Qui ne sont point emplâtres,
A cette fête
Où l'on oublie dettes.
Il n'y a plus de Fazindères
Qui osent châtier notre misère,
En cadence
De la danse.
Vive le Bayane ; la mulâtre
Pour gage lui tend la main folâtre
Dans la salle,
Pour un signal.
Après la Somba il y a lutte.
On a bu ; et ivre dans la hutte,
L'on sommeille,
Sur les oreilles.
Le jour vient d'apparaître ;
L'on plie bagage et, du bien-être
Que nous laisse la danse
Triste, tous pensent :
Demain, tous, au champ de café,
Oublieront la fête et les bons souhaits
De la Somba
Qui, vite s'oublia.
Pauvres et infortunés Brésiliens !
Au travail pour le gain.
On se brise les reins
Pour un sombre demain.

Demain ! dans la fête,
Mugira la tempête,
Dans la danse,
Où meurt l'Espérance.
Plus de bêches ; plus de sueurs :
Bientôt ! dans l'agonie, on meurt,
Pour devenir poussière dans l'heure
Où la danse de la Somba égalitaire
Doit nous frapper tous sur terre.

LE CRI SUPRÊME DE MACÉOS

J'AVAIS vingt ans et, Macéos,
On me nomme le Fléau
Invincible de la tyrannie
Qui tremble sous ma voix énergique
Demandant la vengeance civique.

Il était nuit et, sur les cendres des martyrs,
L'on voit danser, comme hideux vampires,
L'Espagnol qui buvait du sang
Qui, tout à coup, enivre le tyran.
Vive Cuba ! au loin.
Est-ce long écho qui, de mont en mont,
Comme bruit du tonnerre éclatant,
Pour les jours des noirs demains,
Appellent tous aux armes
Au son du tocsin ?
Qui donnent alarme
Aux nés de la liberté
Adorant l'égalité.
Bientôt, des braves intrépides,
Dont les ans non couronnés de rides,
Descendent les montagnes
Et, vainqueurs, les vaincus ils épargnent.
Courages magnanimes de Héros,
Guidés par la voix de Macéos
Foulent la tête des lâches tyrans
Pour, libres s'acclamant,
Fit tressaillir l'Europe vieille
Qui, avec son or, sommeille
Dans l'égoïste décrépitude.
Vive Cuba ! Les Cubains
Descendaient de la montagne
Et, dans la plaine, sans épargne,
La vengeance de loin
Jette son défi sanglant
A la face des tyrans,
Au cri : Vive la liberté,
Aux armes ! pour l'égalité.
Espagne ! dont le guide est le clergé.

Espagne ! dont la loi est le soldat sans pitié.
Espagne ! inquisiteur qui, pour l'Eglise, fait piller.
Espagne ! Aux Weiler qui osent tout assassiner ;
Dans un lointain verra son masque l'écraser.
Des Macéos, des Gomez s'avancent
Et, spectres armés de la vengeance,
Au combat triomphant,
Colonnes indomptables,
Qui sont imprenables,
Tous, pour cri du serment,
Est la mort ou libres triomphants.
L'horizon est obscur et taché de sang ;
Montre ruines de l'autrefois grande Nation.
Aussi, si tu veux lever la tête,
Espagne ! Deviens républicaine
Sur les cendres des Rois qui te saignent.
Verrai-je la liberté couronner tes montagnes ?
Hélas ! Le clergé, avec ses couvents dans les campagnes
Fertiles, les rendirent désertes pour t'avoir ruiné.
Instruction ! Orne le cœur de l'Espagne,
Pour briser tous ses bagnes
Où la liberté est enfouie
Pour une longue vie
Mais ! Cœur de Cubain,
L'Espagnol est un sans sermon
Qui suce le meilleur de notre sang.
Il tua au sein l'enfant
Et brûla nos chaumières
Qui fumaient encore hier.
Aussi, terrible est la vengeance
Bénie par l'Espérance.
Dans ce sombre espace
Le désespoir guide les masses

Et, Cuba agitant l'Etendard
Fait retentir le chant du départ
Où la liberté chérie
Brise les chaînes
Pour détruire les haines.

BÉATRIX CENCI

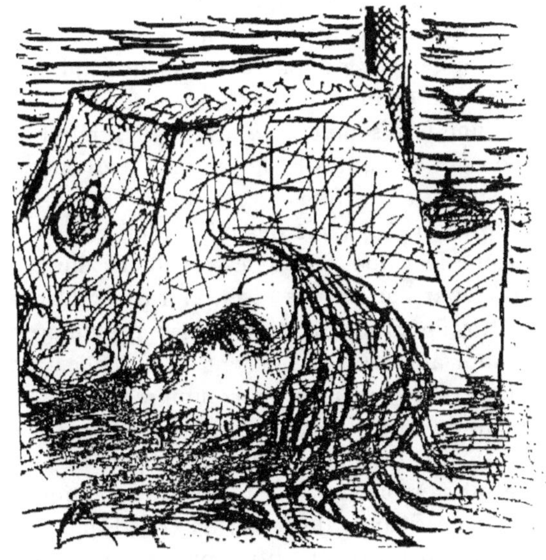

A Monsieur Léon Mougeot, Député,
Sous-Secrétaire d'Etat des Postes et Télégraphes.

I

ROME avec ses palais superbes aux aspects somptueux ;
Rome de la décadence, où les crimes des Borgias sans aveux
Laissèrent pour successeur un Clément avare.
Rome qui a ses inquisitions avec leurs bulles bizarres ;

Rome dont le sanctuaire fut créé par l'art des Michel-Ange ;
Rome aux pavés noircis par des crimes étranges ;
Rome capitale somptueuse de la fière papauté ;
Rome l'enivrée des plaisirs et titres privilégiés ;
Rome qui commande l'Univers comme maîtresse des consciences ;
Rome, Cour papale, la mystique puissance ;
Rome atroce de seize cent renouvelait ses scandales.
Il était nuit, et ce sombre voile couvrait la Capitale
Avec son vatican comme la simple masure,
Pendant qu'une fête somptueuse qui laisse l'impur
Souvenir, où des Rois, des Princes, des Cardinaux sont réunis
Dans la vaste salle des fêtes où resplendit
L'or, l'argent, sous la clarté des mille lumières
De cette scène féerique. Dans ce somptueux dîner, l'air
Est embaumé par l'odeur des essences rares d'Orient.
Une mélodie religieuse profane dans ses airs différents
Semble donner aux êtres qui ornent la scène l'extase adorant
Clément impassible sur un trône contempleur,
En avare cupide de l'or qui est son bonheur.
Dans cette solennelle fête, l'Italie artistique
Décadente laisse pour souvenir l'œuvre authentique
D'un portrait de Prince, de reine, de courtisane,
Pendant qu'un poète, ayant entrée par protection, déclame
L'œuvre médiocre qui laisse fortune à l'auteur ;
Pendant qu'un rival, dont le mensonge est son horreur,
N'a droit à la protection du mystique sanctuaire.
Lieu d'orgie, de crimes, couvert du masque des prières !
Lieu infâme où Saint Pierre, ivre, montre son âme mystérieuse
Dans l'amour énervé où les passions ténébreuses
Otent à l'homme le masque de la vieillesse scandaleuse ;
Atmosphère mystique où la licence est crapuleuse.
Dont le va et vient qui étale aux yeux jaloux
Des richesses, fait voir un roi coudoyer le fou

Qui rit de lui en voyant sa reine, dans un regard pâle,
Être aussi vile qu'une courtisane qui est son égale.
Dans cette fête les invités, courtisans, sont les maîtres
Avec ce François de Cenci dans son orgueilleux être.
Aussi tous, à l'approche du riche banquier du Pape,
Tous lui firent place avec ce droit qui le drape
De l'honneur de rester l'impuni de ses crimes
Pendant qu'un Cardinal, couvert d'or, s'estime,
En regardant son corpulent embonpoint dans la glace,
Où brillent les parures de cette nuit néfaste
Étincelant tableau, lugubres orgies des cœurs avilis.
Lecteurs ! La franche vertu est si rare ici
Que pour la définir on voit un vieillard austère
Traverser les groupes et, lentement vers le Saint Père,
Suivi d'un adolescent, s'agenouille. Là Farini,
Levant son sombre regard, au Pape dit :
Successeur de Pierre ! un enfant te demande audience.
Pauvre, jeté dans la foule, couvert de mépris, sans défense,
Mourant de faim, outragé, demande vengeance
Oui ! Le fils de François, victime des fautes du père
Qui, lâche, crut conduire son cadavre au cimetière.
A ces mots, Cenci, dont le regard dans la salle
Plane, quitta sa place et, suivi de Béatrix pâle,
Disparut. A cette vue le Pape fixe l'enfant
Et, sur un signe de croix qui se trace lentement
Sur sa poitrine corpulente dit : Farini !
Pourquoi souiller cette fête avec le fils de Cenci.
Dieu vous condamne ; et fuyez de ma vue.
Ému, le vieillard, suivi de son protégé, dans l'avenue
Des corridors fuirent la fête où justice s'oublie dans les plaisirs.

II

Toi qu'on nomme la belle aux yeux indéfinissables ;
Toi dont le nom de Béatrix est si adorable
Que les pauvres de Rome t'adorent comme saint emblême.
Toi qu'on honore comme la plus belle reine :
Aurais tu des amis ? Les Princes, à tes pieds, t'adorent.
Pour toi, des crimes, on pardonne les torts.
Pour toi le pauvre donnerait son sang pour un sourire,
Pour toi l'artiste devient génie et, pour toi veut mourir.
De Venise à Gêne on ne voit que ton image,
Et, pour toi, si tu veux des morts, tous sont tes ôtages.
Pourquoi, dans ta beauté céleste, toi aux traits adorables,
Pourquoi pleures-tu ? Tu es riche, séduisante,
Tu es vertueuse, dit-on ; bon cœur et bienfaisante.
Dans la bonté est le pardon des crimes de ton père.
Le voile de ton cœur cacherait donc mystère ?
Il était nuit ; le vaste palais de François de Cenci
Aux fenêtres où, tard, une brillante lumière reluit,
Semble être le cachot où la victime gémit.
Tout-à-coup est troublé le profond silence de la nuit.
Le bruit d'un corps, dans sa chute, se fit entendre.
Est-ce une femme qui pleure ? Mystérieuse est l'ombre
Qui disparaît dans ce palais par tous redouté.
A minuit, Béatrix, dans sa douleur, est aux pieds
De son lit, à genoux. Dieu ! dit-elle, viens à mon aide.
Toi la loi du jour où la nuit succède.
Toi nature qui définit l'être dans la vie et la mort.
Toi avec ton soleil illumine tout ce qui vit et meurt.
Toi avec tes étoiles tu éclaires les splendeurs
De la terre. Toi qui te mire dans les nobles cœurs ;
Qui t'aime de l'amour le plus sincère.

Toi l'arme de la mort, peux-tu exaucer ma prière ?
Si un poignard fut dans mon sein caché de ma vie
Aurait bientôt droit de la Béatrix avilie.
Dieu ! pourquoi, sur notre malheureuse famille,
Jetas-tu l'anathème. Si nos membres brillent
Sur le crime, le reste aurait-il ton estime.
Dieu ! pardonne les Cenci dont je suis né de leur sang.
Toi peux-tu à ma prière me donner consolation ?
Toi l'ombre mystérieuse des vertus de la création.
Pourquoi fis-tu de mon père l'hideux tyran,
Bourreau qui, pour contenter ses vices, rien n'épargnant,
Me fit rougir de honte à la mort de l'aîné de mes frères
Qui expira victime des vices d'un ignoble père.
Aussi, à jamais soit maudit le jour qui me vit naitre.
A ces mots la porte s'ouvre et François paraît.
Il est à demi vêtu, dans son air cruel où jaillissaient
Deux yeux qui sèment aux alentours la terreur,
Comme tigre qui guette sa victime en contemplateur ;
Un doux sourire forcé fit tressaillir Béatrix d'horreur.

FRANÇOIS DE CENCI

Pourquoi ne point dormir à cette heure ?

BÉATRIX CENCI

Réveillée en sursaut me fit porter secours où se meurent
Les gémissements brisés par une étrange chute.

FRANÇOIS DE CENCI

Ma fille ! vous voulez savoir celui qui, rustre,
Osa offenser par sa présence le palais de Cenci ?
C'était, je crois, le fils qui vous aime des Farini.

BÉATRIX CENCI

Pere ! seriez-vous assez lâche d'avoir mon fiancé

Par vous si perfidement assassiné ?
O pleurons cette perte comme celle de mes frères.

FRANÇOIS DE CENCI

Votre haine est digne d'être châtiée par ma colère.
Regarde ce poignard teint de sang
Qui, rouge, est encore fumant
Doit à cette heure être le baiser de votre union.

BÉATRIX CENCI

Heureux si je pouvais mourir.

FRANÇOIS DE CENCI

Ta beauté me fait souffrir de jalousie.

BÉATRIX CENCI

Donnez votre poignard ! lui m'ôtera la vie,
Maudite dans ses étranges douleurs.

FRANÇOIS DE CENCI *(donnant un baiser.)*

Ma fille ! pardonnes à ton père.

BÉATRIX CENCI

Votre offense aux lois divines, m'exaspère.

FRANÇOIS DE CENCI

Prie Dieu qu'il pardonne cette nuit ;
Comme je veux ton amour je veux qu'à moi tu l'offris.

BÉATRIX CENCI

O corrompu ! vous souillez le sang des entrailles sorti.

FRANÇOIS DE CENCI

Je veux que ton amour tu me le donnes.

BÉATRIX CENCI

Vous êtes le plus horrible des hommes,
Votre présence me souille ; grâce !

FRANÇOIS DE CENCI

Que tu es belle ! aussi ce baiser me délasse.

BÉATRIX CENCI

Je ne suis plus jeune fille à l'union sincère,
Damnée, à cette heure, je suis femme
Qui jure la mort à son tyran infâme.
Aussi malheur à moi ! malheur à un père !

FRANÇOIS DE CENCI

Mes fils, ma fille, ma femme, sont mes instruments d'hier.
Comme fils, fille, femme que je condamne.
Quand je veux il n'y a aucun Dieu qui me blâme.

BÉATRIX CENCI

Affreux ! mon père est un infâme.
....
A cet instant une sueur inonde la face du vautour
Sous les cris de Béatrix appelant au secours.
Terrassant sa fille évanouie s'est abandonnée
Au désir criminel, passion étrange où l'infortunée
Dut aux nuits suivantes offrir au bourreau son martyr.

III

Un soir à la nuit venue ; ivre, François de Cenci,
Aidé par un domestique, se mit au lit,
Où bientôt un profond sommeil s'empara de l'homme.
François semblait, dans cette étrange léthargie,

Ce vieillard de terrible devenu faible, sans vie.
O minuit lugubre retentit dans la Rome.
Tout-à coup apparut un inconnu près du lit.
Là, son bras armé se lève et, du flanc de Cenci,
L'on entend un râle couvert par le silence de la nuit.
Dans ce funèbre instant, Béatrix portant une lumière
Suivie de Lucrèce et du plus jeune de ses frères
Apparait épouvantée, redoute cette colère
Empreinte sur le visage de François. L'infamie
Semble maudite. Aussi l'inconnu comme à son amie
Essuie les sueurs, sang gouttant du poignard,
Et dans sa gaîne mit l'arme. Ses yeux hagards
N'osent fixer l'image radieuse qu'est la Béatrix.
Lorsque prenant son sang-froid l'assassin lui dit :

LE BRAVO

Pour une femme si belle que toi,
Je sacrifie ma force, mon âme, pour gage de foi.

BÉATRIX CENCI

Ce crime semble me donner le plus beau jour de ma vie.

LUCRÈCE

Au mort il faut pardonner ces infamies.

LE BRAVO

Béatrix Cenci, veux-tu me donner,
Pour mes services, un doux et loyal baiser ?

BÉATRIX CENCI

Hélas ! il est si amer que mes lèvres sont teintes de fiel.
Pour prix de ton bras vengeur, sur ce sombre autel,
Reçois l'or qui donne des maîtresses, des châteaux,
Des nations même avec ses peuples expirant sur l'échafaud.

LE BRAVO

Comme j'oubliais un rendez-vous me fait dire adieu.

BÉATRIX CENCI

Pars ! et avec mes souhaits sois heureux.

. . . .

Sous l'ombre de la nuit l'assassin disparaît,
Pendant qu'un contempleur dans Béatrix pleurait.
Ciel ! dit-elle : toi l'infini voilé de mystère ;
Vous étoiles ! toi l'immensité suprême ! toi poussière !
Vous, êtres et plantes. Toi la loi du monde des hémisphères.
Toi Dieu, avec un sage oserais-tu mon image
La condamner de son crime ? Ayez pitié de ma rage !
Toi la pudeur qui honore la femme sage.
Par toi, François reçut le châtiment digne de ses crimes.
Toi la foi de l'amour, le Christ sur la croix.
Toi qui donnes la vengeance qui tue par ta loi.
Toi suprême infini de l'espace, aurais-tu pitié
Du malheur qui supplie ? Hélas ! l'étrange vide va couper
L'existence avant son terme expiré.
Qu'est-ce que la mort ? l'agonie d'un instant.
A genoux avec le reste de la famille Béatrix pleurait.
Une faible lampe sur cette triste scène l'éclairait.
Aussi, bien longtemps, jusqu'au matinal aurore,
Les fit tressaillir quand Rome éveillée demanda leur mort.

IV

Dans l'immense salle du château de Saint Ange
Au plus grand secret, des ouvriers avaient, dans le silence,
De draperies noires décoré les grands murs.
Dans ce milieu, une estrade, siège des juges, de tentures est

Recouverte. Tout-à-coup le silence est interrompu par le bruit
De la porte d'entrée qui laisse passage au pape et autres qui le suit.
Là, chacun prenant sa place désignée se vêt de l'emblème
Du Saint Office. Sous ce vêtement leurs tetes, où la haine
Jaillit de leurs yeux, contemplent les instruments de torture.
Tout à coup l'attention est réveillée par un bruit dur.
Béatrix passe suivie de Lucrèce et de ses quatre frères
Aux pieds de l'estrade du Tribunal suprême, fière,
Fit entendre une voix pure qui fit tressaillir les Pères.

BÉATRIX CENCI

Juges ! dont le devoir est de me condamner comme criminelle,
Grâce envers les derniers Cenci. Innocents mortels,
Sont mes frères unis à ma bonne Lucrèce.

LE JUGE

Celle et ceux qui tuent leur père doivent mourir.

BÉATRIX CENCI

Ayez pitié des innocents que vous condamnez.

LE JUGE

Quoique Lucrèce et ses fils n'aient dans le sang
Lavé leurs mains doivent mourir pour avoir porté ton nom.

BÉATRIX CENCI

O ! le Saint Père nous condamne à sa cruauté
Pour vouloir notre fortune nous voler.

LE JUGE

Les criminels sont indignes de profiter des richesses
De leur père. Aussi Dieu, pour vos scélératesses,
Vous déshérite de votre nom ainsi que de votre vie.

BÉATRIX CENCI

Dans notre famille il y a un membre impie.
Aussi condamnez Béatrix qui, seule pour vengeance,
Tua son tyran pour ses crimes et ses violences.

LE JUGE

Dieu maudit l'impure jeune fille.

LUCRÈCE

O Béatrice ton cœur noble est ma famille.

LE JUGE

Infâme mère !

LUCRÈCE

Papauté sans pitié ! par ton ordre je veux, comme mère,
Recevoir le même sort de celle qui fut la droiture de mes peines,
Ma consolatrice, victime d'étranges haines.

LE JUGE

O femme ! Ne savez-vous point que tout, même de vos veines,
Est ce sang que l'on doit consacrer aux siens ?

LUCRÈCE

Hélas ! victime de mes devoirs chrétiens,
Me conduisent dans le plus étrange abîme
Où nos corps dévorés vous enrichissent de notre ruine.

LE JUGE

A mort, le Saint Père infaillible vous condamne.

LUCRÈCE

De sa sentence Dieu vous blâme.

LE JUGE

Dieu, par sa volonté suprême, vous damne.
Aussi, dès cette heure, dédiez-lui votre âme.
Morts doivent être réunis dans le même cercueil.
Aussi restes de Cenci, que Dieu bien les accueille.
. . . .
Ces mots lugubres firent écho dans la sombre salle
Et la famille des Cenci tomba à genoux, pâle,
S'embrassèrent. Oui ! disait Béatrix. Adieu ! ma mère.
A cet instant Lucrèce tombe évanouie. Fière
Après ce malaise, regardant autour de soi,
Reconnut l'impassible Pape qui, sans effroi,
De son siège se leva et, suivi d'une escorte, disparut
En laissant la tristesse avec le dédain qui survécut
Comme anathème sur la mémoire d'un cruel avare,
Empereur des consciences qui, du crime en fit un art.
Saint Office ! Quelle est ta justice ? Le Code du caprice
Où est inscrit ta politique ou crapuleuse avarice.

V

Rome est dans l'allégresse et, belle journée de Mai
Se prépare à une fête. Le peuple se pressant voyait,
Drapé en noir, non loin de la place de Saint Pierre,
L'immense amphithéâtre où l'Italie, avec sa noblesse fière,
Contemple la plateforme où, immobile, se tient le bourreau
Dans l'attente. Au loin, dans un tombereau,
Traversant la multitude, Béatrix, en habit de fête,
Est avec sa famille en prière. La Tempête
Au tumulte des cris et menaces mêlés de clameurs
Retentissent de toutes parts. Mille voix, comme un chœur,
Demandent clémence. Là, à l'estrade supérieure,

Impassible est le Pape qui, d'un signe, commande le bourreau.
Béatrix venait, la première, de monter l'échafaud.
Là, pliant sa longue chevelure, mit la tête sur le billot.
A cet instant la hache se leva et frappe sa victime.
Dans l'instant fatal l'anxiété de tous jette un cri.
Béatrix, couverte de sang, se lève et, d'une voix où se lit
La souffrance, s'adressa à ces pauvres qu'elle a tant aimé :
Adieu ! dit-elle. Vous que je croyais m'avaient détesté.
Aussi, mon adieu lègue au malheur un hospice
Dont le sein doit soulager les victimes des injustices.
Adieu ! Adieu ! beau ciel. Adieu ! Rome infâme.
A ces mots Béatrix remit sa tête sur le billot
Qui, sous le coup fatal se détacha et, par le bourreau,
Fut montrée à la foule. Mille cris firent écho
Sur un tumulte étrange où l'amphithéâtre,
Rompu par le poids des spectateurs, venait de s'écrouler
En faisant des milliers de victimes. Épouvantés,
Les Jeunes Cenci pleurent à la vue des têtes détachées ;
Mais, Edmond, ayant à peine quatorze ans,
S'avance et, montant l'escalier fatal à pas lents,
Reçut la mort qui bientôt fut mélangée au sang
Comme dernier de la malheureuse famille des Cenci.
Pendant qu'un Clément pâle, suivi de son cortège,
Disparaissait dans les salles du Vatican qui le protège
Des fureurs de la foule, malédiction qui maudit l'assassin.

MARIE PACHECO

Je chante les temps mémorables de l'Espagne catholique
Première du monde, demandait ses droits civiques
A la tyrannie que fit trembler Padilla un instant.
Pour la liberté se groupe vers ce noble dévouement
Soldats, gueux, même des prêtres avec les bénédictions,
Qui font face à la bulle où se trouve l'excommunication,

Condamnant l'audacieux dévoué à l'artisan.
Siècle du pouvoir temporel, qui commande les consciences ;
Siècle, où le Pape est l'empereur suprême des puissances ;
Siècle, où les rois sont les maîtres absolus de l'ignorance ;
Siècle, qui sacrifie au bûcher les germes de la science ;
Siècle de la guerre qui pour former des empires
Brûle et pille des villes, et sur des peuples conspire ;
Siècle où l'inquisition sème l'assassinat du crime ;
Siècle catholique aux splendeurs fondées sur le sang des victimes !
Siècle où les moines sont les rivaux des seigneurs,
Les montre dans ses jours mémorables, les exécuteurs,
Commandant le soldat pour s'enrichir du pillage.
Aussi de l'Allemagne à l'Ibérie tout tremble de l'outrage,
Qui broie sous ses pieds fratricides la vertu la plus sainte.
Siècle où Jeanne la Folle laisse le pouvoir aux seigneurs
Qui pour les Communeros se nomment ligueurs à Avila,
En nommant pour leur chef, le noble Juan de Padilla,
Prospérité commençait dans ce nouveau gouvernement,
Lorsque l'évêque, après la messe, brûla son sermon.
Par ce signe sinistre, les seigneurs avec la masse ignorante,
Oublie Padilla pour courir vers Charles qui les enrégimente,
En nombreux bataillons bénis du Saint-Père.
Commandé par Albe, Gonsalve, bientôt l'Andalousie
Avec le reste de l'Espagne, Charles est leur roi à vie,
Lorsqu'avec vitesse, son armée s'avance vers Tolède.
Devant ce péril, Padilla est le juge du clergé, qu'il dépossède
De leurs trésors immenses, venus d'Amérique.
Par son ordre, les couvents sont détruits et maître unique,
Ordonne aux bourgeois, serfs et artisans
De se réunir, sur la place de l'Hôtel-de-Ville.
Là, armé de pied en cap vers la multitude civile,
La voix s'adresse : Mes amis, mes vaillants frères !
Un péril plane sur vos têtes. Aussi pour la liberté fier

Il faut vaincre, ou mourir comme communeros vaillants.
Au loin dans la plaine s'avance le gros des bataillons
De Charles Quint, commandé par Albe le traître.
Que la cloche d'alarme donne l'ordre de veillée.
A ses mots, la masse du peuple, vers le héros s'est avancée,
Et tous à genoux, fut le sermon de vaincre ou mourir.
Padilla, ceint de son armure où se mire
L'étincelant soleil, monte sur son coursier,
Elevé par sa main ; sous son commandement va quitter
La ville, où ses longs bataillons qui forment son armée,
Défilent devant lui. Tout à coup sa dévouée
Compagne s'avance, et en pleurs se jette à son cou.
« O ! L'ami de ma destinée, l'âme de mon amour !
Entend le serment, qui est la foi de Marie, qui toujours
T'aime, comme noble femme, ta compagne. Très-Haut
Sont mes croyances, mon devoir de vivre pour un héros ;
Dans l'accomplissement du devoir de ses convictions.
Mon Ami ! La femme doit être la compagne de l'homme.
C'est elle, qui doit être, la dévouée de corps, et bonne ;
C'est elle, qui doit être consolatrice, dans les luttes pour la vie ;
C'est elle, qui dans le malheur doit être une vraie amie
De dévouement, où son amitié est sans limite.
A ces mots un baiser effleure le front de Padilla,
Qui, avec douceur à celle toujours qu'il aima,
Lui dit : Ma Pacheco ! Que le ciel bénisse tes vertus.
Ton avenir devient sombre, et si tu as survécu
A mes malheurs, pense sans cesse à celui qui t'adore,
Près de ma tombe, même dans la Mort.
A ces mots, le signal du départ retentit en ville,
Et pour son devoir, Padilla quitte Marie. Tranquille,
Au commandement il prit place dans les rangs
Formés de bourgeois, de serfs, et d'humbles artisans,
Qui dans la plaine, en colonnes disparurent à l'horizon.

II

Bientôt, dans les plaines de Villalar deux partis en furie,
Où l'un lutte pour le juste, et l'autre l'autorité établie,
Comme deux masses en furie, les armées se rencontrent.
Le fer bat les étriers ; et dans les flancs et ventres
Donne de toutes parts la mort aux valeureux soldats.
Qui doivent servir pâture aux corbeaux, qui croassant
Demandent leurs cadavres. Dans la mêlée s'égorgeant,
On entend les blasphèmes, cris et soupirs des agonisants.
Les vaincus fuient sous la furie de Charles Quint ;
Maître du champ de bataille, fier de son maintien
S'avance. Tout à coup de la mêlée, un cavalier se précipite
Vers le roi ; mais par l'ennemi tombant blessé, avec suite
Padilla est enchaîné par ceux d'hier lui tendaient la main.
Les évêques montés sur leurs chevaux fougueux, riches demain
Graves, avec leurs tailles ceintes de lourdes armures ;
Forment avec les seigneurs de Castille, le cortège de l'Empereur.
Don Padilla enchaîné vers Charles s'avance sans peur,
Et fier de sa conscience qui n'a jamais tremblé lui dit :
« Roi de Castille ! Dans tes mains tu as ton ennemi.
Oui ! Padilla ne demande aucun pardon ; aussi la mort
Doit être la récompense, haine que tu as contre mon sort.
Charles ! Par le crime tu seras Empereur assis
Sur les cadavres des Maures que tu as ensevelis
Avec tes Cortès, tes Colomb, tes Cervantès ; aussi sois maudit
Ton nom, qui sous tes pieds la liberté a englouti.
Dans ce désastre où, Padilla, au grand jamais,
Tolède ne verra plus sera maudit par tes sujets
Pleurant ton joug de maître opprimeur
Qui, plus tard, sera avec ton clergé l'horreur
Décadence de la fière Espagne. O ! Religion,

Tes prêtres sont des avares qui adorent le vil argent.
Tes prêtres sont tes courtisans qui vivent de crimes.
Tes prêtres sont si cupides que, dans le monde, ils sèment ruines.
Roi ! tu es l'esclave de tes prêtres et as leur haine.
Tes caprices ornent de ton ambition de chimères vaines ;
Cimetières qui, hélas enfouiront toute ta nation.
L'atroce souffrance de mes blessures, à tes pieds,
Ne me fait point demander grâce ; mais si tu as pitié,
Pardonnes Pacheco, contre toi n'ayant jamais conspiré,
La montre innocente des torts qui condamnent son maître à mort.
A ces mots, le Roi se croisant les bras sur son sort,
Lui dit : Juan ! je te donne ton pouvoir premier si Tolède
Demain me remet ses clefs par ordre et ton aide.
Mieux mourir du supplice même le plus outrageant !
Reprit Padilla avec ce regard sur un maître comme le défiant.
A ces mots deux soldats s'emparent du prisonnier.
Et conduit dans une tente est par la force surveillé.
Bientôt la nuit fait suite au jour.
Par ordre, les apprêts du supplice, près d'une tour,
Dresse un billot où Padilla est bientôt conduit
Sous le regard de l'armée. Là, non loin, est assis
Charles au milieu d'hommes d'armes, son entourage
Où par son ordre, au bourreau, avec courage
Padilla venait d'offrir son cou qui, du tronc détaché
Ota la vie à celui qui fit un roi trembler.
Après le sacrifice, au bout d'une pique, cette tête,
Par des ivres mercenaires, fut, dans cette fête,
Portée au camp comme, deux jours après, sous les murs
Assiégés de la fière Tolède qui se mire dans l'azur.

III

Depuis l'heure où Juan, quittant la Ville, fit voir,
Du haut de la tour du beffroi, dans ce triste soir,
Pacheco ranimer le courage des défenseurs
Qui se virent bientôt cerner par les bataillons vainqueurs.
Tout à coup, du gros de l'armée, un envoyé,
Suivi d'un homme d'armes, sonna du cor, pour appeler
L'attention des assiégeants qui virent, sur une pique,
La tête de Padilla. A cette vue tragique,
Pacheco n'a plus de pleurs. Prenant une épée,
Elle l'élève vers le ciel comme ayant Dieu pour témoin
Du sacrifice où la femme n'a que sa foi pour soutien.
A cette vue mille glaives s'agitent et, braves gens,
Qu'à peine hier avait vus simples artisans,
Jurèrent de mourir pour la défense des communeros.
Après mille escarmouches, Tolède et sa Pacheco
Redoutable firent trembler les efforts de Charles,
Qui vit ses meilleurs soldats périr sous l'imprenable,
Lorsque la trahison vint à lui. Au prix de l'or, la porte
Du sud, dans un soir, fit passage aux cohortes
Soldatesques dont la furie égorgeant avec l'incendie
Furent au matin les maîtres de ceux qui perdent la vie,
Satisfaction de la mort qui rompt la servitude infinie.
Mais la citadelle, sur son roc comme un nid d'aigle
Semble jeter son dédain sur ces forts qui, faibles
Redoutent le désespoir de Pacheco. Sur les remparts,
Une femme sans espoir est sentinelle qui, de toutes parts,
Dans l'obscure nuit surveille l'ennemi. Après des mois
Qui consommèrent les vivres d'inutile défense, fit le roi
Commander de dresser l'échelle. Par une brèche,
Soldats ivres de vengeance tuent les derniers vivants

Et, maîtres des remparts, l'on entendit le hourra acclamant
La victoire. Aussi, depuis ce jour, Charles-Quint,
Au pouvoir, secondé par ses Généraux remplis d'ambition,
Semèrent la mort, le pillage, dans les conquêtes
Où l'Espagne laissa pour souvenir les restes d'une tempête.

IV

Après la prise de Tolède le soldat s'enivre ;
Et dans l'orgie, l'on entend, comme bravade, l'ivre
Qui souille la famille ruinée du pillage
Pendant qu'un roi, avec ses courtisans, son entourage,
Fait retentir, dans la cathédrale, le Te Deum
Sous les louanges sinistres du soldat, bête de somme,
L'arme fratricide, le défenseur de l'ambition.
Il était nuit ; et dans son noir sombre, fuyant,
L'on put, sur la route de Valladolid, remarquer l'ombre
D'une pauvre femme dont les gémissements se font entendre
Dans un vaste silence qui reproduit le triste écho.
Bientôt vient d'apparaître le jour sur la marche fugitive
De l'inconnu. Ceux qui de leurs blessures ne survivent
Dans les champs de Villalars jonchés de morts,
Cadavres à moitié pourris que les corbeaux dévorent,
Fait fuir ce lieu où la maladie de la peste fumait.
Aussi, triste Pacheco, sous ses haillons bien lasse,
Poursuivit sa marche sur la grande route où passent
Les Seigneurs suivis de leur escorte, pendant que des manants,
Maigres et chétifs, courbés en deux, creusent les durs sillons
Avec l'espoir de récoltes pour fêter la fin de l'an.
Au paysage accidenté des montagnes, on voit les couvents
Dresser leur face blanche comme un refuge aux pénitents
Qui, sans cesse en prières, ne vivent que des sueurs amères

Des misérables dont le labeur fait fructifier la terre,
Pendant que les châteaux-forts, sur des faîtes effrayants,
Dominent les hauteurs pour commander, et exploitant
Ceux qui vivent dans des huttes comme serfs et manants.
Nu-pieds, les habits en haillons, vieillie par la tristesse,
Appuyée sur un bâton, Marie, dans sa détresse,
Est obligée de mendier pour suffire à l'existence.
Des années s'écoulèrent et, sans cesse fuyante, Pacheco
Demande, au refus humiliant, l'arme d'abréger ses maux.
Aussi, plus d'une fois, l'on vit pleurer la pauvre femme.
Un jour, sous une chaleur tropicale, sur l'éminence,
Apparaît un monastère dont les décors marquent opulence.
Par un sentier étroit, Pacheco, qu'une faim affame,
Fut bientôt à la porte d'entrée, tendant la main.
Après sa prière, tout à coup, vint à elle une religieuse :
C'était la portière remettant son aumône à la malheureuse.
Elle allait fermer la porte lorsque, revenant sur ses pas,
Fit signe de la suivre. A cet instant, quoique bien lasse,
Pacheco voulut fuir lorsque, entraînée par la main,
Elle fit son entrée dans le sanctuaire des Célestins.
Elle venait d'entrer au réfectoire lorsque, vers eux,
La supérieure apparut. Grande, fière, avec ses yeux de feu,
Fixa l'inconnue. Près de moi serait donc la pauvre Pacheco ?
Dans ce lieu de sûreté, n'ayez peur des cœurs faux !
Quoique jadis votre rivale, aujourd'hui Supérieure,
Vous offre un asile dans un monde meilleur.
A ces mots les deux femmes s'embrassèrent avec effusion,
Lorsque, tout à coup, Marie, de son sein, retira un diamant,
Un anneau. J'ai juré foi à mon Padilla ;
Aussi, pour son ombre, je veux vengeance ou le trépas.

LA SUPÉRIEURE

Par Jésus, mort sur la croix, pardonnez !

MARIE PACHECO

Dieu est grand, mais il ne peut un péché racheter.

LA SUPÉRIEURE

Le pouvoir divin de Charles est le maître absolu de la nation.

MARIE PACHECO

Hélas ! il se fit assassin pour ambition.

LA SUPÉRIEURE

Ne blasphémez point !

MARIE PACHECO

D'ici, je voudrais être bien loin.

LA SUPÉRIEURE

Croyez en Dieu ! noble dame ; il sera votre soutien.

MARIE PACHECO

Vous, autrefois l'amante qui de tout cœur a aimé,
Faites voir l'inconstance passagère qui a tout oublié.
Mais, moi, je suis celle qui, jusqu'à la fin de son sort,
Jure foi, honneur, vengeance pour un mort.
Cet anneau est le gage de la vraie amitié ;
Aussi, quoique faible femme, j'ai tout sacrifié.
Après la défaite de Padilla je pus être Comtesse,
Riche, vénérée des grands, de la haute noblesse ;
Je pus être la femme à caprices, sans parole ;
La maîtresse du Grand aux milliers de pistoles ;
Je pus être la vénérée sans conscience du souvenir
Où, des milliers, pour la liberté aimèrent mieux mourir ;
Je pus être la dévote inique, ayant honte de ses devoirs ;
Mais, étant la fierté, j'aime mieux l'autre monde que croire
Ma conscience indigne d'accomplir son serment.

Aussi, mon honneur est le dévouement infini de la femme ;
Mon honneur est la vertu, la sagesse envers les souffrances ;
Aussi tous ceux qui, pour leur malheureux prochain
Se sacrifient, sont des Christs que l'on adore comme divins.
....
A ces mots, Marie, comme saisie d'un étrange mal, à terre,
Morte, tomba tuée par la misère.

LES PROPHÉTIES DU CHRIST

Léger hommage à mon illustre compatriote
Camille Flammarion.

LA VISION DU PASSÉ ET DE L'AVENIR

JE rêvais et, mon esprit, dans une vision éphémère
Courait dans un soir où l'on voit le monde de l'univers ;
Où tous, égaux, comme mortels avaient quitté la terre,
Là, rassemblés, montre les races de toutes les nations.

Cette immense foule comme vagues se perd dans l'infini
De l'immense paysage où gisent, çà et là, roches et granits
Avec ce lointain qu'un jour éclaire à demi.
Comme autrefois, les uns portent les antiques emblêmes,
Pendant que les Cincinnatus des peuples blêmes,
Dans leurs faces sombres, mêlés aux hôtes frivoles
Qui, demi-vêtus, montrent l'antique près des modernes folles.
Tous les humains des siècles, prés d'un trône taillé dans le roc,
Avec anxiété sont dans l'attente. Ces êtres, ombres,
Dessinent leurs êtres comme vivants, et font entendre
Leurs murmures, lorsque l'un d'eux, sorti de la foule,
Sur le premier escalier prit place. Ses yeux roulent ;
Son grand et gros corps semble tout-à-coup chanceler,
Sous les regards austères qui, au pilori, furent crucifiés.
Tous venaient de prendre place sur les marches
Qui défendent l'entrée à toute ombre dont la vie a taches.
Ici, la raison a droit de la force ; le Génie a le respect ;
Le Législateur est honoré ; les sages, dont l'humble aspect
Donne à qui doit le nom de frères, ou à d'autres leur mépris.
Ici, l'universel des races de l'histoire se définit
Dans sa propre défense. Aussi, quand on quitte la terre,
Ici l'on a droit de prendre la parole. Comme le bruit de la Mer,
Aux quatre coins du monde une voix retentit. A l'instant,
Mes pas me portent au milieu de la foule où, tremblant,
Une ombre, jadis un Empereur, prit la parole.
Il n'a plus d'arrogance, et fait pitié dans sa marche molle,

L'EMPEREUR

Votre maître, aujourd'hui votre égal, parler demande.
Mon nom n'est-il point inscrit sur l'histoire des mondes ?
J'ai gagné des batailles ; brûlé des hérétiques arrogants ;
Pillé des villes et campagnes, pour faire de ma nation
Un Empire où un Charles-Quint fut jaloux de mon nom,

N'ai-je point gouverné avec sagesse ? Père des arts ;
J'ai droit à ce titre pour avoir, à part,
Protégé peintres, poètes et autres artistes, les meilleurs.
Pour le catholicisme, n'ai-je point été un protecteur ?
Mes présents ont enrichi le Pape qui, dans son Empire,
Fut mon égal en puissance, et fait souvenir
De la trahison d'un Jules II vendu au poids d'or.
J'ai enrichi les moines d'un pouvoir où, la mort,
Était donnée, par leur ordre, à ceux qui nous furent nuisibles.
Mes courtisans ont ils à se plaindre de mes bienfaits ? Terrible
Est leur soif insatiable. Mes courtisanes, nobles devenues,
M'ont trahi ; aussi, droit absolu, a droit qui tue,
L'adultère de mon épouse souillant la face de mon honneur.
Comme mes généraux, payés par des titres, cachent l'horreur
Des assassinats où, les cupides, sont mes serviteurs.
Où Albe, Farnèse firent, des Pays-Bas,
La tombe des femmes, vieillards et enfants. Malgré ce trépas
Mon ordre fut béni par le Pape inquisiteur.
Aussi, vive Dieu ! De l'Espagne catholique qui, de nos crimes,
N'a horreur de voir ce bûcher où les victimes
Ont un sommet où l'on compte des millions de misérables
Tués par la religion qui se servit de l'exécrable
Pouvoir royal pour satisfaire leur ambition.
Quand on est roi, savez-vous de quels courtisans
Qu'un Empereur donne choix ? Aux prêtres, soldats,
Police des nobles de sa maison, qu'on comblera
De titres, et doivent faire baisser la tête aux manants.
Par ordre, c'est eux qui sèment la discorde pour l'onction
De mon pouvoir absolu. Maître dans l'injustice
Qui est la qualité supérieure, grande gloire
Des Philippe II, Louis XI de triste mémoire.
Criminel, brigand, voleur, sont nos noms !
Mais, pour gouverner, l'oubli est reconnaissant

D'honorer nos vies comme vertueuses remplies.
Mes sujets d'autrefois ! N'avez-vous pas assez de gloire
De m'avoir aidé, de votre sang, sur le trône à m'asseoir ?
Aussi, mes conquêtes vous firent donner ce respect
Qui nous enrichit des dépouilles du vaincu qui expirait,
Mourrant de faim, pendant que mes soldats s'enivraient.

LE SOLDAT

Si je fus noble, tu m'aurais fait nommer général.
Mais, resté mercenaire, c'est moi qui gagna les batailles
Avec mon courage vendu qui, invincible,
Sema sous nos pas le pillage, assassinat horrible,
Où l'ordre des lois du plus fort commandait
Sur les ruines des villes, pendant que tu sommeillais.
A qui sert la victoire ? les richesses mises au pillage
Furent portées dans tes palais où tes courtisanes, pages,
Ministres, filles honorées de titres, soldats de ta milice,
Purent contenter leur soif selon leurs caprices,
Pendant que l'Empereur dormait pour satisfaire ses vices.

LE GÉNÉRAL

Un soldat prendrait donc le droit de nous blâmer !
Sache qu'un Général est le bras droit aîné
De la victoire. Sans lui, tu serais l'esclave du vainqueur.
Sans moi, tu n'aurais droit aux hourrahs et clameurs
Du prêtre uni à la foule. Sans moi, plus de pillage
Qui te livre de force l'amour des belles femmes, tes ôtages.
Sans moi, tu serais le vaincu qui regagne sa chaumière
Et misérable, sous le mépris, tu attendrais ta fin dernière.

LE SOLDAT

La force armée m'enrola comme mercenaire,
Ayant vingt ans à peine.

LE GÉNÉRAL

C'est vrai que l'Empereur avait des haines
A se venger, aussi, étant ce maître absolu,
A droit de vie, de mort, sur tous, comme des vaincus.

LE SOLDAT

De quel pays es-tu né ?

LE GÉNÉRAL

Hélas ! mes ans virent le jour dans le Guiderzé.

LE SOLDAT

Comme moi, tu es donc ce mercenaire sans patrie ;
Tu es donc condottière, que l'or paye pour tes services.
Tu es donc ce sang des Albes qui, complice
De l'Empereur, fut couvert d'honneurs pour avoir su vaincre !
Pour le prêtre, tu es un déferseur qui ose convaincre
Le nom de Général que la victoire nomme illustre.
Tu es l'égal au Prince Eugène qui ruine son roi pour le lustre
De l'ambition. Tu es ce Trochu, qui vendait un Paris
Pour des titres et pensions. Tu es ce Bazaine de jadis
Qui se vend en foulant à ses pieds l'honneur d'un pays.
Tu es l'arme d'un roi, le bras droit de l'Empereur.
Dirai-je ? tu es de ces descendants de races qui, sans peur,
Dans d'autres nations se vêtent de grades pour un jour,
Assaillir leur Patrie et, par la force armée, y faire séjour.

LE GÉNÉRAL

La Guerre est un métier qui est l'ennemi de la paix.

LE SOLDAT

Oui ! c'est par tes ordres que les titrés s'enrichissent après les coups d'Etat,
Bénis par le catholicisme jésuite se tenant par le bras.
Aussi, Général, de l'Empire et même du roi, tu es conspirateur

Qui, à ses pieds, foule les droits de l'homme d'honneur.
Serais-tu ce Cincinnatus, l'invincible d'une République ?
Hélas ! gradés de soixante-dix, sont ces sataniques
Avilis par le dogme, l'ennemi de la loi et de la vérité.
Un Général serait donc l'infaillible armée ?
Qui de vie et de mort a droit sur ceux qui, hier, étaient citoyens,
Artisans. Soldat est le défenseur et le soutien
Des lois de la nation, et non le jouet de l'ambition
Du dogme, titres qui, sans cesse, prêts à conspirer,
Montrent l'infamie du voleur des consciences avec les titres.
Fin de siècle de l'Europe armée du pied de guerre
Ne montre-t-elle point, sur sa honte, les efforts libertaires?
Toi, Allemagne, qui n'a qu'un maître ! France, des ambitieux;
L'Angleterre un masque ; l'Autriche, un grand gueux :
L'Espagne, une femme dévote ; le Portugal, la folie ;
L'Italie, un tyran ; l'Amérique-Sud une avilie,
Avec le Nord qui, dans ses nobles idées de philanthropie,
Sourit dans l'avenir pendant qu'on voit les pleurs qu'on essuie
Au souvenir du quatre-vingt-treize délaissé,
Qui réserve, dans l'avenir futur, la Liberté
Pour la consécration de la République Universelle,
Centre de la terre, où la fraternité aura autel.

LE GÉNÉRAL

Avant d'être mon fidèle mercenaire,
Quel métier fis-tu pour gagner le pain amer ?

LE SOLDAT

Le travail d'un Seigneur féodal,
Absolu maître me frappait comme un brutal.

LE GÉNÉRAL

Après un mauvais maître on doit aimer le bon Général.

LE SOLDAT

N'ai-je point sacrifié ma vie dans tes batailles ?
Hélas ! ma dernière heure put voir, pour tes désirs canailles,
Mon cadavre trépassé enseveli par tes ordres.

LE GÉNÉRAL

Ta mort condamnée fut le prix de tes désordres.
Aussi, je maudis le pays qui te donna le jour,
Aujourd'hui, la France est sans roi et, par les vautours,
Je voudrais que ceux qui ont haine, nous fassent mourir sous leur courroux.

LE SOLDAT

Dans notre noble pays les discordes naissent des tyrans avilis
Qui se cachent sous la religion, le soutien de leur habit,
Pour comploter, par la force armée, et acquérir les êtres
Qui, dans l'ignorance, ont vendu leurs consciences aux prêtres.
Aussi, soient maudits les prétendants comme traîtres ;
Main droite, tyrans, dans l'extravagante somptuosité
Où les Te Deum se chantent pour nous voir égorger.
Voleur ! Assassin ! fourbe ! Tu verras ce demain
Qui condamne vos corps à être jetés aux chiens.
Tu as tué, en me faisant l'arme de tes mains !
Tu brûlas la chaumière où se réfugièrent les orphelins !
Aussi, Général ! Que la guerre illustre de grand,
N'as-tu point honte de dire que ton génie d'ambition
Servit un vil, ignoble et lâche tyran.
Que donna-t il, pour prix, aux services de tes talents ?
Des dignités, des domaines et appointements ;
Pendant que des braves, de faim, se mourraient
Pour ton nom. Le courage que, vainqueur, tu chantais,
T'opprime et peuple que la victoire enivre dans l'instant
Passé te laisse que plaies de tes membres souffrants.

L'EMPEREUR

Tes pensées sont rires pour les siècles où règne l'ambition.
Si, dans une vie nouvelle, tu voulais à tous discourir,
Te ferais enfermer et, bientôt, à l'échafaud mourir.

DES VOIX

Infâmes sont les emblèmes aux tristes mémoires.
Aussi, vos crimes, seraient donc les cris de votre gloire.
Votre doigt, sur tous, comme maître absolu d'une nation
Est-il le Dieu, votre dû ? Par la nature nous éclairant,
Condamne les menteurs qui, frappés d'un pieu,
Où, à l'échafaud, devraient mourir comme d'imposteurs gueux.
Vous ! dont les règnes furent d'opprimer les travailleurs
En les broyant sous vos pieds, oseriez sans peur
Aujourd'hui vouloir régner comme au temps de la Terreur.
Oh ! l'ignoble Napoléon, de triste mémoire,
Ne laissa pour œuvres que des crimes, où Sedan est sa gloire,
Pendant qu'un Louis XVIII nous donna l'Inquisition
Où le Maître Jésuite sur crimes donna l'onction.
Que soient maudits les rois ; aides des préjugés !
Pourquoi, nés de chair comme le martyrisé,
Avez-vous vécu sur terre pour nous assassiner ?
Malheur ! c'est le cri de vengeance de demain
Où le lion du désert sort quand il meurt de faim.

UN MINISTRE

Je fus général qui, pour ses services eut, en récompense,
Le droit d'être ministre, dans sa puissance.
C'est moi qui fus la main droite de l'Empereur.
C'est moi l'égal d'un Richelieu qui, sans peur,
Se tient au pouvoir par la ruse et la force.
C'est moi la main droite de la victoire
Dont le torse est moitié à mon roi et l'autre dédiée à mon œuvre

C'est moi l'assassin de ces sectes qui, pieuvres,
Se nomment : savants, philosophes pour ambition.
C'est moi le protecteur des généraux et de la religion
Qui eurent, pour prix de leurs services, d'immenses domaines.
C'est moi le protecteur de la puissance des chaînes
Où le clergé forme l'arme de mon invincible armée.
Aussi c'est eux qui ruinent le peuple pour l'affamer.
C'est moi la loi. Aussi, pour l'Empereur j'ai droit de mort
Sur tout ce qui vit sous le pouvoir qui m'honore.

DES VOIX

Crâne ! ta pourritnre vers nous donne la puanteur
Qui est le souvenir de ton jadis, boue de ta fleur.

L'EMPEREUR

J'ai honte d'entendre salir notre mémoire.

EES VOIX

La parole, de ceux qui furent singes dans les foires,
N'a plus le droit de mentir. Aussi votre présence
Est maudite par les artisans qui de vous ont répugnance.

L'AVOCAT RICHE

Veuillez me laisser la parole pour le droit de l'Empereur.
Son règne dota la nation des lois justes de l'honneur
Qui défendent contre les abus la droiture de la Justice.
Aussi, les Juges intègres, au barreau, firent lice
De plaider les procès criminels, politiques et autres.

L'AVOCAT PAUVRE

Celui qui est puissant a droit de vie et de mort
Sur ceux qni n'ont pas même la loi pour se défendre des torts
Injustes qui le dépouillent des fruits de son misérable labeur.
Quand on est gueux, on est sans cesse le supplicié des douleurs

Où les huissiers ont droit de rompre les reins pour le Seigneur.
Vous autres, Nobles ! N'avez-vous, à pleines mains,
Volé les ressources de chacun ? Voleurs se soutient
Dans des titres qui les nomment Barons de l'Empire.

L'AVOCAT RICHE

Jaloux ! Baissez la tête.

L'AVOCAT PAUVRE

Ici, on n'est plus, comme autrefois, dans les fêtes.
Ici, plus de bals où, les belles femmes, dans leurs rires,
Eurent droit, dans la justice, de lèpre vous vêtir.
Ici, ton habit est le même de ce moi comme nu
Et, dans cette seconde dit quand tu as vécu,
Si tu as fait du bien à un pauvre homme,
C'est vrai un Jésuite ne fit ce qui est digne de Rome.
Tu fus le défenseur des Au-to-da-fés religieux
Où règnent les crimes de lèse-Majesté monstrueux
Qui, sans cesse aux écoutes, règnent par la terreur.
Toi, l'âme servile du tyran ; toi, le menteur,
Combien vos consciences se couvrent-elles de crimes ?
Baisses-la tête ! Un noir, du pied à la cime,
Vous rend si hideux, de plaider, c'est vous maudire.

DES VOIX

Celui qui, dans un repentir, avoue ses fautes,
Est notre frère. Mais l'hideux hôte
A droit à notre mépris qui devrait le pourrir.

LE PAPE

Amis ! Je crois que vos discours viennent de finir.
Aussi, parlons du Dieu de la religion catholique.
C'est le trône de Saint Pierre qui gouverne le monde

Et, par son intermédiaire, à tous se vendent
Les indulgences avec la rémission des péchés.

UN PENSEUR

Pour faire des milliards avec des deniers.

LE PAPE

Maître en capitaux, on nous nomme banquier
Qui a des succursales dans tout le monde entier.

LE PENSEUR

Que te sert l'emblème du nom de Charité ?

LE PAPE

Pour endormir et mieux vous voler.

LE PENSEUR

Saltimbanques, cuistres et gros et maigres,
Blancs, jaunes, rouges ou noirs de nègre ;
Faiseurs de farces comme les acteurs de théâtre
Dont la voix douce, aigre, changeante, devient acariâtre,
Fait voir vos grimaces dans vos miracles
Où se rassemble votre public. Bêtise te sacre
Dieu où des penseurs savants t'appellent gueux.
Aussi, veux-tu qu'on te dise où est ta puissance ?
Dans le mensonge que tu engendres aux consciences.

LE PAPE

N'est-ce point sous Léon X que sont nés des chefs-d'œuvre ?
Sans ce noble protecteur, que seraient devenus les Carrache,
Les Michel-Ange, les Raphaël, les Romain, les Caravage,
Les Corrège, les Titien, les Tintoret, les Dominiquin ?
Unis aux savants. Hélas ! ils nous doivent leur pain.

LE PENSEUR

Tu oserais te citer comme un bienfaiteur, Prêtre !
Tu mens. Hélas ! vous tous furent des traîtres.
Assassins avec le poison et le poignard.
C'est vous qui soutenez l'ignorance pour votre victime
Nous faire. Aussi, votre Dieu est un infect abîme.
Ta police sont, tes moines, tes prêtres cupides.
Tes asiles sont les couvents, Eglises aux messes vides.
Ta charité est un monstre qui se sert même de la femme,
Instrument qui reçoit le râle où tes victimes se pâment.
Aussi, ton armée est immense. Elle a des soldats,
Chefs, serviteurs dont les consciences, par tes Prélats,
Sont surveillées. Tu es terrible dans tes vengeances
Et, votre monstre hideux, dans sa présence
Invisible, fait frissonner quand ton nom se prononce.
Tes Saints furent tes victimes aussi, vil menteur,
Montre vos masques hypocrites qui sur tous sont rongeurs.
Si le Christ était parmi nous, qu'aurait il à dire ?
Quand sur son nom l'on commet les crimes des Empires.
Hélas ! L'histoire laisse la boue sur votre face.

LE PAPE

Je dis : Notre vie est sans tache

LE PENSEUR

Avec les crimes qu'elle nous cache,
Successeur d'Alexandre Six, roi de Rome la prostituée
Toi qui fis du trône de Pierre un Lupanar de reines souillées.
Toi qui vends des indulgences pour avoir des millions de francs.
Toi qui fis de tes églises des lieux de complots, avec tes couvents
Qui furent du nom de charité une main qui demande sans cesse.
Toi, chair habillée en noir, pourquoi, dans tes détresses,
Es-tu de toutes couleurs ? Oh ! les Pombal d'un siècle nouveau

Devraient brûler vos corps pour la destruction du faux.
Qu'est-ce qu'un Pape ? Un Empereur bourgeois, industrieux,
Qui fait, avec des milliards, dans nos temps orageux,
De Saint Pierre un centre de discordes où ruine est à son profit.
Toi, le successeur des Borgias, des Nicolas horribles,
Toi dont le masque est crapule et face insensible ;
De quel pouvoir commandes-tu aux fidèles,
Bourgeois et Noblesse qui, avec toi, nous querellent !
Manges-tu ? Dors-tu ? Dois-tu mourir comme nous autres ?
Vieux Charlatan ! Sache qu'imposteur est ton apôtre.
Les Arts n'ont splendeurs s'ils travaillent contre tes institutions.
Aussi, ta puissance, en gros sous, fit les Caravages souffrants.
Les Corrège que tu jetas dans l'oubli de la misère.
De Duranti qui, pour sa musique, eut la bière.
Le Tasse, pour ses poèmes, l'honneur de l'Italie,
Eut, dans le triomphe de ton capitole, le dédain de la jalousie.
Des Galilée, noble, affrontant tes noirs cachots,
Fut, pour la science, martyrisé par ton ordre faux.
Des Arnaud de Brescia, dont la voix dévoile tes vices,
Avec les Savanarole, les Bruno reçurent la mort, ta justice.
Aussi, malheur à tous ceux qui affrontent ta puissance.
Malheur est sur ceux qui sacrifient leur vie pour la Science :
Machiavel, Paolo Carpi, Vico, eurent-ils ta bénédiction ?
Képler, pauvre, qui, pour son œuvre, légua son existence,
Avec Guttember, l'inventeur de l'imprimerie, notre défense,
Unis aux Salomon de Caux, martyrs des préjugés,
Eurent-ils protection du pouvoir maitre de nos vies ?
Hélas ! pour justifier la fin, le poison, crime impie
Du Pape jésuite se sert pour la grandeur du pouvoir
Les moyens criminels soutenus par l'arme de ses subalternes,
Torquemada, Lavalette, qui dédient leurs haines
A tout homme juste le vrai ami de la vérité
Qui, contre ta puissance, en Chalotais sont crucifiés.

LE PAPE

Brebis galeuses, sceptiques qui n'ont aucune foi,
Ne font que blâmer les mensonges de mes lois.

LE PENSEUR

Si j'avais de l'or à volonté, j'achèterais Saint-Pierre,
Et ce trône où les Successeurs d'Alexandre sont fiers
De compléter en semant les discordes dans les nations.
Sois détruit ! avec les emblèmes des Eglises, couvents.
Avec l'or, je voudrais, que votre race, au travail,
Prenne une place qui détruirait votre reste canaille.
Si j'avais de l'or, je retournerais la face du monde.
Saint Pierre serait ruine et, pour jamais l'entendre,
Je brûlerais en laissant pour souvenir une pyramide
Qui doit marquer les taches de l'étrange vide,
Honte où les siècles de l'avenir rougiraient du souvenir.

DES VOIX

Vive la liberté dans l'instruction !

LE POÈTE

Pourquoi ma destinée voulut-elle me donner l'inspiration
Qui me fit poète ? Ah ! Je dis comme Ovide : Heureux
Parfois l'Idiot crâne qui vit et meurt sans vœu.
Loi de la nature de vivre sur terre. Pourquoi l'émulation
Dans l'art profond fis-tu de l'intelligence un géant ?
Pendant que crâne, né riche, laisse l'œuvre de nain,
Fin de siècle, assemblage de grimaces, jouissance du gain,
Bien ou mal acquis, forme un tourbillon qui fête
Le mensonge. Aussi, vivre on voit l'homme déclassé,
Au banquet de la vie, boire dans un rire,
Le Vin qui enivre les comédiens pour mieux les définir ;
Sataniques privilégiés nous rongent pour se nourrir.

A qui toutes les Nations doivent-elles leur gloire infinie ?
Dante superbe, fier dans le malheur, pour l'Italie
Laisse l'œuvre immortelle comme blâme à ses concitoyens.
O divine Comédie ! L'enfer des tyrans, le purgatoire des sages,
Le Paradis de ceux qui n'ont vécu dans aucun âge,
Tu es si sublime dans ton utopie que tu restes humanité.
Italie, berceau des Arts, monde aux grands esprits
Ne montre-t-elle point les vies qui pour elles ont vieilli
Des Galilées vénérables victimes du joug mensonge,
Emblème catholique qui ose tout assassiner ?
Qu'aurait-il fait à l'œuvre d'un Copernic, d'un Képler ?
Le triste Campanella est l'exemple de leur protection de fer.
Pourquoi ô Tasse pour ton génie fus-tu assassiné ?
Par les cabales tu fus victime des haines du clergé.
Espagne, aux armes invincibles que fis tu de Cervantès ?
L'Epave misérable, quoique son génie d'un chef-d'œuvre te laisse,
Que soit maudite cette catholique à l'apogée, puissance
Qui au Camoëns refuse le pain à la vieillesse
Et pour défi, les moines le condamnent par la faim.
Aussi triste emblème écrit en noir baffoue un Portugal.
Milton sublime Homère, noble figure mâle
Qui est la race d'un républicain ; eut-il de l'Albion
La place conquise qu'a droit le génie du talent ?
Comme fou il eut le rire qui définit la bêtise humaine.
Byron précurseur des Gœthe, Hugo, Heine
Avec des Molière, Musset, Schiller ont haine
Des droits iniques des religions, flambeaux inquisiteurs,
Où vécurent les Alexandre, les Torquemada, autres sieurs.
Aussi l'histoire maudit les crimes ineffaçables
Où les tyrans dans leur force ont le respect jusqu'à la mort.
Machiavel dans son livre aux leçons impérissables
N'a-t-il point défini les masques du pouvoir absolu ?
Catholicisme avec la force armée est justice, loi du maître.

Lecteur ! Sois conscient de toi-même. Tous libertaires
Je voudrais qu'on adore les liens humanitaires
Qui dans le travail aident à vivre pour la fraternité
En brûlant l'ignorance esclave, et au nom de l'humanité
Élevant des autels à ceux qui furent des Christ rédempteurs.

DES VOIX

Les peuples qui vivent sur l'astre de la Terre
Quand donc auront-ils honte d'être ses pierres,
Statues, pyramides où se noircit la corrompue confession.
Ignorance tu forges des fers pour tirer notre sang
Mais au condamné, sa délivrance est l'instruction.

LE PAYSAN

Je suis celui qui trace les sillons producteurs
De cette terre stérile arrosée par mes sueurs
Qui aride ne produirait que ronces et épines,
Si le travail ne fortifiait les ruines.
C'est moi, qui donne l'élément à la vie, le pain,
C'est moi qui courbé du matin au soir courbe mes reins
Pour tirer l'or, la houille, le fer du sein de la terre.
C'est moi qui sur un fragile esqui vogue sur les mers.
C'est moi l'arme des armées, l'honneur du sacrifice,
Pour récompense a le dédain du tyran dans ses délices.
C'est moi l'or des orgies du roi qui tue pour un caprice.
C'est moi l'entretien des palais où se fête
Les dignités du courtisan, loi du maître.
C'est moi l'impôt qui fait vivre l'évêque et le prêtre,
Sur mon triste cadavre qui orne les usines.
C·est moi le sacrifié de la nation qui me rendit infirme
Pour avoir aidé les fortunes à se soutenir et sacrifié
Je meure sous l'égoïsme de la dite charité.
C'est moi qui bâtis les prisons, les églises, la borne

Des mourants de faim quoiqu'ils fussent hommes.
C'est moi qui fais les fusils et canons pour nous égorger.
C'est moi le bras servile de la loi qui aide à me ruiner ;
Aussi travailleur tu es l'exécrable bête humaine,
Qui porte le fardeau des sueurs et peines
Avec le mépris du dignitaire, mon horreur.
Sachez que c'est moi qui donne les lueurs
A la science sortie des cendres du pilori ;
Aussi honte du siècle sont les millions d'infortunes
Jeunes vivantes d'illusions pour fortune
Reçoivent de leurs sacrifices qui se donne à ma France,
L'égoïsme défit, qui bafoue la vieillesse et pour récompense
Refuse un morceau de pain en fermant les yeux.
Jésus ! Toi le noble socialiste républicain ;
Toi l'ombre des libertés égalitaires, dans un lointain
N'as-tu point enseigné hélas la sainte loi ?
Que soient maudits les dignitaires qui adorent les rois
Régnant sur les consciences par la police du prêtre,
Soutenu par la force armée du maître ;
Aussi vive le jour où le travail pour tous sera un droit.
Vive le jour où tous pour vivre on contemplera
Au champ universel le travail comme étant une loi.

DES VOIX

L'humble frère de notre race a droit
D'être l'ami de Zenon, des Epictète, des Socrate
Des Kant, des Rousseau, des Max, des Isocrate,
Union aux milliers qui au Pilori moururent sous le crachat
De l'ignorance, victime du pouvoir dignitaire,
Qui dans un lointain doit être brûlé sur Terre.

LA FEMME

C'est moi qui depuis le jour où nos êtres sortirent de la Création
Fut le compagne de l'homme, tous deux sortis du Néant.

C'est de mon sein qu'est venu au monde Caïn et Abel,
Aussi depuis ce jour notre race fut vertueuse et criminelle,
C'est de mon sein que sont nés les Néron, Tibère,
Borgia, Philippe deux avec les Henri d'Angleterre,
Messaline, Lucrèce, Jeanne de Naple, Pompadour
Tous maîtres des empires furent insatiables vautours,
C'est de mon sein que sortit l'honneur de l'humanité
Dans un Licurgue, Solon, Gracque, Cincinnatus
Babœuf, Say, Raspail et du grand Jésus.
Aussi mon lait donna vie aux vicieux corrompus
Qui se vêtissant du pouvoir tyrans furent les élus
De vivre sur ceux qui comme lui ont droit au jour.
Je fus la mère du sage qui se sacrifia pour tous,
Je fus la femme chaste, la Lucrèce de l'honneur ;
Comme étant le bras droit de l'homme de cœur ;
Et la consolatrice qui essuie les plaies du malheur.
C'est moi l'infâme qui vendit sa foi par ambition,
Et même avec crime je poignardai mon amant.
C'est moi la volupté capricieuse, ruine de l'homme.
C'est moi la Cléopâtre qui aux nations fit des Sodomes ;
Avec Messaline, Jeanne papesse, et Catherine.
C'est de moi que sortirent les devoirs se sacrifiant
A l'amitié dévouée pour nos enfants ;
Sacrifices qui sur la terre serait tristesse pleurant ;
Et sans moi tout se dépouillerait de sa végétatiou
Qu'est-ce que la femme ? L'amour sainte sans limite
Qui dans Cornélie est ce bijou rare qui ressuscite
Une noble place dans l'avenir ; nouvelle ère d'éducation.
Aussi pour les pays est le plus noble des présents.
Dira-t-on qu'est-ce que la femme ? Un devouement
Dans un amour sans fin qui pour sacrifice
Donne sa vie en pardonnant les injustices.

DES VOIX

Sois bénie la compagne de l'homme, l'aide de ses luttes.
Toi faible, sans soutien qu'on persécute ;
Femme, mère du genre humain reçois protection.
....

A ces mots le ciel est obscurci par la nuit
Eclairée par les astres, brillante lumière qui reluit
Sur l'immense foule traçant sur le sol leurs ombres.
Aux bruits fait face le silence. Tout à coup se fait entendre
Le tonnerre. Le ciel sillonné par les éclairs donne l'émoi,
Lorsque prestigineuse dans un ciel brumeux
L'astre de la Terre éclaira l'horizon. Son globe en feu
Jaillissait des laves qui lancées dans le ciel, sur terre
Tombe pour ensevelir tous, sous les bruits du tonnerre,
Ma vue attristée semble surnaturelle Aussi l'Etoile
Dans sa course frénétique me fit croire à la destruction
Des pays où j'ai vécu ; quand tout à coup se dévoile
Par une clarté soudaine du jour l'astre fuyant
Du nord au sud sous l'épaisseur des nuages
Voile qui couvrit ma vue et ne put voir si l'image
De la race humaine avait laissé vestige et trace.
Confondu dans mes pensées, la main sur la face
Me fit méditer lorsque aux quatre coins du monde
Jaillit l'éclair mêlé au tonnerre qui gronde.
Pensif et bientôt de peur je tremble de tous mes membres ;
Lorsque levant les yeux je vis dans l'agonie, l'ombre
Qui sur une immense croix fait face à la multitude.
Le regard du Juste remplit d'amertume et lassitude
Plane sur tous. Lorsque tout à coup sa voix
Dont un vaste écho retentit aux quatre coins du monde
Comme donnant le symbole de sa foi que les échos répondent.

LE CHRIST

Gueux misérables, peuple universel ?
Je pardonne ton péché originel.
Monde des humbles qui supplie,
Aux pieds des dignitaires impies
Lève la tête vers celui qui bénit ses ennemis.
Dans cette triste nuit solennelle
Qui doit avoir mon dernier soupir mortel
Demande à tous de lever la tête vers moi.
Comme juste je veux te donner ma foi.
Oui ! Bientôt je dois mourir sur la Croix.
Adore mortel, adorez le symbole de ma foi
Crucifiée par les ordres injustes sans lois
Qui condamne ma religion l'amour pour son prochain.
Aussi ma foi est le lien fraternel qui doit unir demain
Les races humaines, souffrantes qui rêvent la délivrance.
Ma foi fut baffouée au Pilori pas la vengeance
Mutilant celui qui fut le juste fait homme.
Tous sachez que le dieu fin de siècle est la Rome
Aux lupanars où sort le corrompu du charlatan
Qui sur mon nom de Juste le couvrit de boue en me souillant.
Peuples misérables ? Dieu est le monde des humains
Du jour où ils viennent sur la terre.
Dieu est la végétation qui par la loi naît et meurt,
Dieu sont les sans limites de l'intelligence dont les lueurs
Se montrent comme chef-d'œuvre de la création universelle
Qui eut osé construire l'immensité immortelle
Où la nuit fait place à la lumière, la vie à la mort ?
Hélas le génie de la science, élément qu'on honore
Montre ses efforts comme de la poussière
Fragile qui, à la face de l'espace reste éphémère.
Lumière céleste ! que tes rayons immortels
Portent la voix du juste à tout l'Univers

Avec la pensée de consoler en brisant des fers
Qui retiennent esclaves les humbles qui supplient.
Les uns, en prison, comme des millions dans la vie,
Cheminent en portant leur lourd fardeau.
D'autres, pour montrer l'atrocité, au tableau,
A grands coups de fouets frappent le troupeau
Qui trace le sillon et ornent les usines
De leurs corps décharnés, restes de leurs ruines.
Autres, sur mer, luttent contre les éléments,
Meurent pour enrichir un capital tyran.
D'autres, des Madeleines, pour ne pas mourir de faim,
Vendent leur beauté pour un morceau de pain.
Autres, des masses armées qui, se heurtant,
En deux partis s'égorgent pour les rois de l'ambition.
Monde du travail ! tu es un calcul au banquier :
Un mépris pour ceux qui te gouvernent enchaîné ;
Un instrument pour la loi fratricide,
Et poussière après avoir lutté contre le vide.
Peuple qui m'as oublié, je te pardonne.
Mon amour, l'instruction pour toi, condamne Rome,
Et me fait maudire tous ces hypocrites
Qui se servent de mes dogmes et rites
Pour voler autrui en cachant leurs crimes.
Aussi, que soient maudites les dignités
Des tyrans qui ne vivent que par l'or volé.
Qui sème le Blé ? le pauvre laboureur.
Quels sont les bras de l'industrie ? Les sueurs
Des humbles des humbles qui, avant l'âge viril, sont tués.
Avec les arts, quels sont ceux qui bâtissent les Palais ?
L'artisan, architecte, peintre, sculpteur.
Avec quel or, dignité, peux-tu acheter ta splendeur ?
Par un bien mal acquis ou intérêt sur chacun,
Toi qui fis de ma doctrine un défunt.

Qui courbe sous tes ordres, plie sous tes caprices.
Pourtant, il est homme comme toi, celui que tes vices
Ont souillé son honneur, celui qui vit ses filles
Enlevées par ton ordre pour en faire tes guenilles;
Mais à mes pieds ces millions d'êtres martyrs
Demandent une vengeance si terrible que pour finir,
Je vous dis, ô tyrans! Plus tard, serviteurs seront rois.
Les maximes qui commandent l'honneur, la vertu,
Ne sont-elles point souillées par les pharisiens déchus
Qui oppriment ceux qui les font vivre de leurs sueurs?
Eux qui sèment ton blé; ceux qui pour vous se meurent.
Aussi, malheur terrible est à vos mondes de demain.
Ma malédiction est inscrite, sombre, dans le lointain,
Où la vérité en rouge, emblème teint de sang
Sera le drapeau égalitaire de toutes les nations.
Races réunies qui feront, de la vieille Europe,
Un vaste champ fraternel où le travail est enveloppe.
Mais, avant ce jour qui au loin baisse,
Des feux rouges dans le Ciel apparaissent.
Un éclair étrange sillonne l'immensité;
Les Tombes s'entr'ouvrent et, les os, de terre rejetés,
Formeront, comme miracle, des pyramides
Avec la poussière et les ossements vides,
L'égalité fragile la mieux remplie.
Ces restes, autrefois, furent à de vivants mortels
Qui avaient des masques où ruissellent
La honte d'un prêtre qui vole les consciences
En insinuant le vice dans l'adolescence.
Autrefois, c'est la richesse d'un Borgia qui, au poids d'or,
Achète le Saint siège pour faire sortir de ses pores
Les crimes où César et Lucrèce sont une honte.
D'autres, des Nicolas, Grégoire, escomptent
Les deniers volés que leur livre le droit exploitant

Les enrichit pour vivre du paganisme, leur invention.
Autres, des rois qui savent profiter de la sottise
De l'ignorant, se fait de lui une arme qui désorganise
A écraser le droit et soutenir l'ambition insatiable.
D'autres, des Ministres dont la guise fait de leurs nations
Une veuve qui meurt de faim en suppliant.
Aussi, honte sont les sans-travail, bras désœuvrés,
Qui de faim tombent pour ne plus se relever.
Honte est la Bourgeoisie insatiable
Où richesse rit de ses crimes qui restent impunissables.
Pendant qu'un ouvrier et sa famille se meurent
En laissant pour fortune, au prix de leurs sueurs,
Des orphelius, bientôt soldats, doivent défendre la Nation,
Eux dont la possession n'a pas même du pain.
Honte, est de voir des humbles sans travail
Qui, se voyant sans ressource pour fin de bail,
Se précipitent dans l'eau trouble de l'insatiable haine ;
Catacombes sans fond où pourrissent les cadavres morts de peine ;
Assemblage du monde où se voient des Génies méconnus
Qui, humbles, dans cinq pieds de terre sont reçus
Comme les cadavres de tous ceux qui ont vécu.
Splendeur des titres de la folie ridicule,
Formant cortège avec ses masques qui gesticulent ;
Quand donc tes lois seront-elles dédiées aux souffrances ?
Qui fera naître la divine et sainte religion
Où, tous les membres de la Société a droit du vivant ?
Humanité ! tu briseras le sombre suicide
Et, flambeau universel, tes rudes pieds
Fouleront dans les catacombes l'égoïsme ride
Qui alimente la lampe des préjugés.

....

A ces mots, des larmes inondent ce sublime visage
Et, comme la nature voulut bénir un sage

Fit voir la clarté de la lune reluire sur un jour pur
Où l'horizon montre l'infini de la nature.
Un vent glacial sape ses membres
Qui, décomposés, laisseront que poussière de l'ombre.
Tout-à-coup, l'agonie jetta un soupir finissant
Qui sortit de la poitrine du juste mourant ;
Un éclair sillonna les sombres nues
Et, pour la Fraternité, s'éteint sa voix émue.
Le Christ ferma les yeux pour toujours
Où son soupir bénit l'avenir avec amour.
A cet instant solennel, l'horizon est en feu
Sur cette masse immense de gueux,
Humains couverts de boue et de sang
Se précipitent et adorent le juste expirant
Qui est l'étendard de l'humanité.
Au milieu de la pitié suprême, l'enfant de l'avenir,
Au corps décharné, lève les yeux vers ce soupir
Comme serment où l'avenir bénit le né sorti du berceau.
L'horizon en feu illuminait les délires du tableau ;
Acclamations des millions d'êtres universels
Dont le bruit me consola par l'enthousiasme des belles
Images de ce rêve où mon esprit voulut définir,
Dans un symbole, les vérités de l'avenir.

LE SUICIDE DU TERRASSIER

A mon ami Hugues Lapaire.

ADIEU ! vie, dit un vieux terrassier
Qui, assis sur un pont haut élevé,
Regardait l'onde profonde couler.
La nuit à l'horizon commençait
Avec un froid glacial qui sapait
Les tempes réfléchies du vieillard.
Ah ! dit-il, quand il sera tard,
Rivière ! tu recevras mon corps.
Oui ! je demande cette mort
Tant demandée depuis le jour
Où mes bras impuissants prirent l'outil lourd.

Hélas ! travail, tu donnes le pain
A l'opulence, pendant que mon gain,
A ma misérable vie, avec peine suffit.
Aussi, mes cheveux blancs sont honte aujourd'hui.
Un misérable peut-il lutter
Contre la maladie ou le travail refusé.
Hélas ! lutte pour la vie est exécrable
Pour tous ceux qui portent le nom de misérable.
J'étais le seul soutien de ma famille
Qui, comme moi, croyait en Dieu, mais vil
Il fit de mes filles des prostituées
Qu'un caprice de l'or a achetées.
La famille n'a plus d'enfant
Dans l'agonie de ce siècle finissant.
Aussi larmes d'une étrange douleur
Sont peintes sur les tristes intérieurs
Où l'ouvrier est l'esclave du Capital.
Quoi se plaindre ! Je finis mon bail
De soixante-dix-ans d'existence
Qui eut pour consolateur la répugnance.
A ces mots, l'ouvrier pleurait.
Tout-à-coup, ses yeux qui brillaient
Fixèrent les étoiles du ciel et, résolu,
Comme l'inspiré, dans sa prière,
Se dit : pour mon corps est la bière
Qui, bientôt, reposera dans un coin de terre
Avec le blasphème de ma pensée dernière.
Les corbeaux auront mes chairs
Pour nourriture, et le prêtre mon mépris fier,
Pendant que dans la minute est ma fin dernière.
Vertu catholique est outrageante
Avec sa charité hideuse, ronflante
Qui, de ses richesses tirées du mensonge,

Se sert de nos efforts qu'elle ronge.
Sache que, de nous autres,
On nous doit l'or des fêtes où se vautrent
Nos filles qui, après l'instant écoulé,
Semblent vieillies et du mépris bafouées
En laissant leur cadavre, à l'hôpital,
Exposé dans une sombre salle.
Oh ! richesse, tu es sans pitié,
Sur nos sueurs qui est ton or livide ;
Forces de ton fort homicide
Qui par nous fit bâtir tes palais,
Tes églises et tes maisons où tu t'enivrais.
Nos sottises sont nos bras qui soutiennent
Les complots qui nous écrasent sous les peines.
Aussi, c'est nous l'arme du mensonge
Et vols qui, tous nous rongent.
C'est nous le gardien de ces lois
Qui, libertaires, ne sont que pour le Capital-Roi.
C'est nous, l'âme de la nation,
Qui nous outrage par son mépris écœurant.
C'est nous l'inventeur des sciences
Et arts qui firent du siècle des rois leur puissance.
C'est de nous qu'un humble génie
Et ce flambeau qui au monde est la vie.
C'est nous le martyr du pilori
Pour récompense reçoit le crachat du mépris.
Aussi, la richesse n'a plus honte de son masque ;
Monstre, souteneur coriace ;
Membre des orgies ténébreuses,
Qui tiennent, comme une bande affreuse,
Les lois, emplois civils et militaires,
Et même fait à sa guise la guerre.
Ils n'ont plus honte de nous outrager.

Aussi, pauvre homme qui va expirer
Sache que tu es bête humaine,
L'esclave né pour le fardeau des peines.
Oh ! mépris égoïste ; Quand arrivé à la vieillesse
Tu flagelles notre carcasse qui de ton défi redresse
Notre tête couverte du crachat de ton avarice avide.
Aussi, pour cacher votre feinte est le crime du suicide.
A ces mots, le corps délabré, dans le vide,
Tomba dans l'onde s'ouvrante
Qui aussitôt referma ses eaux fuyantes.

PIERRE LE RÉVOLTÉ

Au grand poète Richepin.

I

VENANT de naître, ma mère me mit au monde pauvre,
Le jour où Pierre le Riche, dans un somptueux alcôve,
Devait grandir comme moi. Bientôt, tous deux adolescents,
Dans la vie nous fîmes notre entrée où, l'un en tremblant,

Se vit à peine vêtu pendant que l'autre, en voiture,
Se voyait traîner vers des palais qui le reçurent.
Pour l'un, avant vingt ans il connut la misère
Au vaste champ qui renferme les travailleurs fiers ;
Pendant que l'autre ne rêvait qu'opulence
Qui, demain, le fera ce juge sans clémence,
Condamnera le pauvre Pierre le jour où sans travail,
Il sera arrêté mourant de faim. Aussi, triste bail
Aux existences qui, sans cesse brisées par les tourments,
Se trouvant par la loi torturées par son châtiment.
Quoique je n'aie connu ma mère, resté orphelin ;
Suis-je digne des blâmes que m'adresse le dédain
De ceux qui n'ont point à penser à la lutte des demains ?
J'avais vingt ans passés, et sans expérience des choses,
Me fit chanter le jour où je tirai au sort. Pour cause,
Je partis à la frontière pour défendre le territoire
Où, je n'avais pas même droit au verre d'eau à boire.
Mais, vingt ans veut porter un fusil et, se dévoue pour les autres.
Aussi, je chante ce plus tard qui est la gloire des fautes.

Amis ! nos vingt ans ont bonnes ripailles.
Mais, hélas ! Aux conscrits le clairon sonne
Le signal de nos années de bail
Qui, pour la Patrie dont le danger tonne,
Tous, comme conscrits, le monde nous vit soldats.
Et, jeunes comme aînés de la France nous nomma.
Adieu ! M'amie. On demande nos cœurs.
Mais, essuie tes pleurs,
La France est notre honneur.

Au village, ma belle, près de toi
Je soupirais d'amour, mais là-bas, là-bas,
Je t'écris pour la dernière fois.
Trinquons ! vin ranime l'espoir d'ici-bas

Qui fait l'union de notre pensée en amour.
Mais, hélas ! bien loin, quand viendront les beaux jours,
Pour toi, M'amie, au nom de la France,
Pour sa défense,
Fais le devoir qui se pense.

Verre vient de tomber de mes mains ;
De peur, je tremble au danger que l'on courre.
Mais l'aimé est vaillant et, demain,
Pour ton souvenir, M'amie, la croix du jour
Montrera qu'un Français est le héros premier.
Oui ! Ses victoires ont connu le monde entier
Et, bravoure, gloire de la France,
Pour sa défense,
Héroïque fut gloire immense.

Au départ, tu me retins par la main ;
Mais, M'amie, laisse-moi partir, on m'attend.
Le canon, liberté, notre soutien,
Nous appelle tous et, au mépris de notre sang,
En montrera au monde que les trois couleurs
Est le soutien des preux libres en foi d'honneur.
Adieu ! Sachez belles Françaises
Que Quatre-vingt-treize
A des héros dont les pieds se baisent.

Je suis enchanté d'être soldat,
Pour toi, mes pas, les premiers dans la mêlée,
Ont trace aux bravoures des vivats.
Je suis un des Français qui, dans la fumée,
Pianta le drapeau du siècle des honneurs
Et, ce triomphe, faisant vivre ces grands cœurs,
A la santé des vies
Et boit aux nobles preux d'envie.

Buvons ! l'Ennemi dans la plaine,
Mort, sert de nourriture aux vautours.
Mais les Tyrans jaloux de haine
Sur nous tous firent tonner leurs vains coups sourds ;
Mais l'amant, fils aîné, au cri de la France,
Pour la liberté est preux pour sa défense
Montrera à tous émerveillés qui pleurent
Que les trois couleurs
Est le signe des faits d'honneur.

. . . .

Dans ce refrain, j'étais soldat. Au combat je connus les périls.
Aussi, plus d'humanité. Les faibles furent, par mille,
Dans la plaine égorgés par nos bras fratricides.
Nos exploits connurent tout l'Univers et, maîtres avides,
On nous nommait l'invincible lorsque, sur les ruines,
Par un spectre vengeur nos cadavres foulèrent l'abîme.
Vive Dieu ! d'être de vie pour définir le mal.
Si, ô Nations ! vous fûtes sous la même loi mâle
Auriez-vous vu ? Wagram, Austerlitz et Waterloo.
Pourquoi des millions d'humains, armés du terrible fléau
De la guerre, s'entretuent-ils par l'ordre des rois ?
Si l'on savait qu'un soldat, instrument, détruit la loi ;
Esclave qui renie son père pour l'égorger sans rougir ;
Jouet n'ayant plus conscience de ses actes pour définir
Soutient l'injuste en vendant sa liberté.
S'il savait, quoique vaillant, c'est lui l'armé
Qui, au péril de sa vie, plaça sur le trône un gradé,
Maître de la Nation brûlera, sur des barricades,
La Liberté. O Soldat ! tu es la mort et l'affront
Avec les crachats Jésuites, bave des tyrans
De l'Espagne Catholique avec nos Louis dix-huit.
Aussi, l'Inquisition abâtardie se reluit
Où Quatre-vingt-treize sembla disparaître à jamais

Sous l'infamie grandie avec les ans où Charles-Dix
Apparaît sinistre. Liberté, instruction, dans la lice,
Sont brûlés par les dignités de la religion du riche
Rois, Cardinaux, main droite des lois et de la police ;
Soldat ! on se servira de toi pour tuer tes frères ;
On t'enivrera pour, sans rougir, assassiner ton père,
Ivre, pour ton roi, tu brûleras l'antique chaumière
Où tu as reçu le jour. Mais la campagne devient inculte ;
Mourant de faim avec la religion et son culte,
On voit ce soldat-paysan maudire celui qui règne
En France avec son Paris qui du souvenir saigne,
De la mémoire d'un Napoléon qui fit, des Tuileries,
Le Bouge où se roulaient toi et les Cardinaux dans l'orgie.
C'est ces soldats qui, commandant notre noble armée,
Les fit voir la lâcheté suprême dans cette triste année
Où Belfort et Nuits sont les seules pures défenses de mon pays.
Aussi, qu'est-ce qu'un soldat ? Bête humaine
Qui n'a plus conscience de ses droits civiques et, de haine,
Outrage et martyrise celui qui sous sa loi baisse
La tête. C'est lui qui conduit à l'échafaud le misérable.
C'est lui qui, sans pitié, vole le pain et exécrable,
Pour la loi ruine celui qui se suicide pour cacher la honte.
C'est lui le soutien du clergé qui, saltimbanque,
Sème les discordes pour grossir sa banque.
C'est lui qui, pour l'or, vend les secrets de la Nation.
C'est lui qui fait les coups d'Etat aux ambitions
Des Empereurs. C'est lui qui a haine de la liberté.
Aussi, terrible est sa vengeance. Lecteur agité,
Le poëte honore la défense des droits de l'homme qu'on vole
A la nation. Mais pourquoi les chefs, dans le vol,
Et qui commandaient montrent-ils lâchetés et crimes !
Soixante-dix néfaste ! nomme les lâches qui abîment
Les restes de l'Empire qui, dans ce jour, sans rougir,

Osent appeler à leur aide le passé à revenir.
Aussi, le Jésuite est soldat complotant en maître
A rétablir leurs lois où pauvre est né pour les servir.
Mais, braves gens de bon sens qui osent me lire,
Puis-je vous faire regarder l'avenir ?
Pour la liberté, il faut qu'un bras vigoureux, redoutable,
Détruise les dogmes du prêtre qui trouble les esprits
Reniant les sublimes liens de la Fraternité.
O ! religion, tu corromps l'intelligence par l'animosité ;
Tu es ce noir serpent qui est le médisant.
Tu es la discorde qui sème ruine pour toi triomphant :
Tu es ce mensonge infâme qui est la confession ;
Tu es monstre si vil que tu restes la crainte
Dans la famille, dont les membres qui maintes,
Par ton ordre tu donnas grade pour être ton instrument.
Tu es politique avec ton capital qui est ambition ;
Tu es cette feinte de chasteté qui est corruption ;
Tu as un masque infâme de crimes de l'inquisition ;
Tu es l'ennemi du pauvre sur qui tu vis en mendiant ;
Tu es le Criminel de la charité et monstre à détruire ;
Tu es l'ennemi du Christ libertaire et ton rire
Se grave sur la Pyramide où votre religion est si puante
Qu'elle laisse pour souvenir l'impure morale qui sur tous violente ;
Tu es capitaliste aux fortunes mobilières colossales
Qui, par ton ordre aux nations, tu restes un terrible rival.
O ! Catholicisme, ton Dieu est si étrange qu'il n'a point de face.
Il est singe, guenon, tigre, qui ose commander les races.
Lecteur ! si tu crois en Dieu, vois le firmament
Où les étoiles se meuvent et jamais finissant.
Dans les révolutions des astres, la terre à qui l'on doit vie,
Comme insectes que nous sommes, sur des croûtes s'appuie.
Aussi, grain de sable, à la face de la nature infinie,
Nuisibles montrent aux autres animaux

L'humain reste, sur cette terre, le plus triste fléau
Sa cupidité est si grande qu'il laisse mourir de faim
Des êtres qui ont droit de vie jusqu'à leur fin.
Sa tyrannie est si hideuse, qu'elle reste, avec la guerre,
L'injuste qui donne droit à des titres héréditaires.
Son ambition est si vile qu'il devient maitre
Pour commander en inventant des droits sur ses frères.
Aussi, à grands coups de fouets il châtie le troupeau
Qui lui donne, par la force, l'or des sueurs et maux.
Pourquoi le plus fort vit-il du plus faible ?
La loi de la nature nous mit sur terre pêle-mêle.
Et pourquoi la loi des hommes châtie-t-elle, pour le puissant ?
Qui veut dire pourquoi l'esclave sert-il l'ambition ?
Loi inique, soutenue par la force et la religion
Bien loin dans l'avenir verra votre destruction.

II

Après cinq ans d'absence, Pierre venait dans cette maison
Faire son entrée. La masure faute d'entretien aux mauvais temps,
Il pleuvait. Aussi, Pierre était si pauvre, de lui il a honte
Quand vers son travail il dirige ses pas qui arpentent
La route, où il contemple les tas de pierres et, sourit,
Quand ses regards s'arrêtent sur les déchirures de son habit.
Dans les environs, il passe pour un travailleur fier,
Blâmant les préjugés dont on acquiert par ses pères.
Aussi, haï de tous, manquant de travail et exténué,
Fit sortir de sa poitrine un jurement brisé.
Ah ! dit-il, suis-je donc méprisable ? Pourquoi fuit-on les souffrants
Qui, pour la défense du sol donnèrent leur sang ?
Pauvreté serait donc une honte ? Dans ce bas monde

Tu n'as point d'amis. Chez lui l'intérêt, égoïsme, se confondent .
En montrant flatteur l'image du riche ignorant.
Aussi, l'amour, pour lui, est dans la propriété des champs
Et même, pour contenter l'intérêt, vend sa fille à son ambition.
L'amour de la brute humaine à quelques exceptions
Est le feu d'un mâle et d'une femelle par l'attouchement.
Moi qui crois à l'amitié sincère avec désintéressement
Serai-je assez riche d'avoir fille pour ma femme ?
Mon désir est une folie. Si j'avais des champs,
Les prés de la plaine, j'aurais tout ce que l'ambition
Et caprice osent caresser. Si j'étais propriétaire,
J'aurais comme femme la belle fille du Maire.
M'aimerait-elle ? Hélas! On voit le domestique de la maison
Rendre à l'orgueilleux l'affront à son ambition.
Jadis j'ai connu, dans mes voyages, la sincérité
Qui, rare, est l'amitié qui par l'or ne peut s'acheter.
Pauvre, est-on digne, par la loi, d'être uni
A celle qui doit dans l'avenir partager le mal qu'on essuie.
Hélas ! Aujourd'hui, de la chaumière au sixième de la ville
Qui abrite l'espoir et l'amitié de la jeune fille
Montre un tableau si noir qu'il est affreux d'ouvrir la fenêtre
Où se déroule la bataille de la lutte pour la vie.
Cet horizon laisse dans le ciel un noir où l'homme maître
Se rit de la misère. Aussi fut il l'espoir et l'union des êtres
Qui dans la lutte n'ont qu'un vain courage
Écrasé bientôt contre une borne avec rage.
Aussi, vagabond, qui sur la grande route court sans cesse
Une infinie course, te verra tomber de faiblesse
Contre un but qui, marquant ta poussière,
Semblera maudire celui qui, mon frère,
Ne vécut que pour soi. Adieu ! compagne.
Adieu ! Souvenir, comme allant au grand bagne
Sous le soleil qui m'éclaire de fuir me condamne.

En été, au milieu du jour, et sans que personne doute,
Je pris mes hardes et, sur la grande route,
Fut ma fuite. Un monde nouveau ouvre ses portes
Aux exilés qui se mêlent dans la foule par instant
Dans un tumulte et bruits de toutes sortes retentissant.
Après huit jours de fatigue d'une longue marche
Pierre, couvert de poussière, entrait dans la ville qui cache
Sous la somptuosité, la misère, le désespoir et l'ordure
Prostituée qui habite les palais aux sombres augures
Où l'on s'entretue pour titres dont le blason est le crime.
La grande ville est un faux brillant où tout reluit.
Là, des familles qui vivent du plus léger salaire
Abrègent leur existence par les privations de la misère.
De toutes parts on voit des cabarets où l'on s'enivre.
Mais, si on savait que ceux qui sont devenus ivres
Sont morts vivants pour l'oubli de leurs souffrances.
La foule, sur les places, est devenue si immense
Que l'on peut, dans le tumulte, voir ses faces
Ou le rire se perd dans la tristesse où les rares de la masse
Contents, vivent sur des millions de souffrants.
O ! Paris somptueux, Babylone moderne, Palais des Arts,
Centre des sciences ou réunion des intelligences à part ;
Pays des grands esprits mêlés aux passions tourbillonantes
Qui s'entrechoquent. O ! Paris de Lumière ; ville étincelante ;
Tu es centre où la réunion des races de la terre ;
Tu es un tombeau aux sublimes efforts de ces inconnus
Qui devraient avoir des autels si leurs travaux avaient survécu.
Tu es une tombe où le grotesque se mêle au difforme
Et leur tombeau est si grand qu'il n'a point de forme.
Pierre après avoir couru trois jours la grande ville, s'arrête
A la porte d'un bureau de placement où il s'apprête
D'entrer, lorsqu'un inconnu, après l'avoir observé,
Lui dit : Jeune homme ! Pour moi voulez-vous travailler ?

A ces mots, Pierre, dont la face est illuminée par la franchise,
Répond : Etant depuis deux jours dans ce Paris qui grise
La simplicité d'un campagnard cherche partout emploi.
A l'instant le monsieur lui serra la main. « Venez avec moi »
Et, appelant un fiacre, l'inconnu pria Pierre, prés du cocher,
De prendre place pendant qu'il se blotissait dans le coupé,
La voiture, au grand trot d'un vigoureux cheval,
Sillonne les grandes rues qui serpentent la ville idéale
Et, vers un somptueux hôtel s'arrèta. Là Pierre fit son entrée
Dans cette splendeur comme étant domestique de M. Vallée.
Ce patron était millionnaire. Grand, sec de physique,
Rendait son type original dans une marche méthodique.
Le lendemain, Pierre fut au travail, et valet de chambre,
Fut bientôt l'ami de la maison. Lecteur ! Aux membres
Alertes fait voir dans cet emploi la face pensante de Pierre
Où l'observation le rendait stupide. Des yeux expressifs ont orné
Son visage qui marque dans sa grande taille un singulier.
Aussi, lecteur, avant de suivre les pas du fils de la misère,
Je veux te faire description des pensées de ce fier.
Avait-il des diplômes comme un bachelier bourgeois ?
Sait-il lire ; et sur le papier tracer d'expressibles pensées ?
Je ne sais. Toutefois, dans ce jeune à la vie accidentée
Il y a un secret que son masque voulut à tous cacher.
Aux recommandations, son sourire a ce pli de douceur
Qui le fit estimer du fils, du Maître qui, parfois en chœur
Lui parlaient comme un égal. Domestique, lecteur,
Est un métier où l'homme et la femme est instrument
Vil aux yeux du Maître. Aussi, l'oreille au bruit les appelant
Les fait voir se courber sous les caprices qui, parfois,
Fait sortir des larmes si amères quand l'honnête voit
Sa conscience maudire le métier et son être.
Monsieur Vallée, quoique original, était bonhomme,
Mais sa femme, d'un caractère acariâtre tonne,

Surtout de l'antichambre au salon, ses méchancetés.
Cette étrange mère avait deux jolies demoiselles dont l'aînée
Lui ressemblait ; pendant que la plus jeune est aimable
Autant que son frère pour décrire cette famille respectable ;
Me fait dire qu'elle avait un salon connu de tout Paris.
Aux grandes fortunes, aux beaux attelages, on vit
L'étiquette qui donne un genre, tics de comédien,
Où l'hypocrisie cache l'orgueil qui leur ronge les seins.
Ce grand monde, dans sa libéralité, est une analyse
Où la plus vile avarice les revêt d'une vile sottise
Religieuse qui est ce masque qui couvre de salive
Leurs vices que la richesse avec plaisir cultive.

III

Pierre, étrange type, est un profond observateur.
Aussi, dans ce nouveau métier il semble lire par cœur
Les fonds de ces personnages, gloire de la grande ville.
Tous se croient nés de talent ; mais l'habit habille
La fortune où reluit les titres de rente avec l'ambition.
O ! L'homme fortuné a une conscience si noire qu'il est écœurant
De te dire, lecteur, qu'un criminel est de son rang,
Après trois mois dans son emploi, Pierre connut la médisance
Qui, bientôt, servit d'arme à un maître sans clémence.
On trouve mille défauts au malheureux. Par les mots
Insolents et brutes dans un beau parler fait voir ce tableau
De ceux qui, maîtres, sont pour leurs serviteurs un fléau.
Aussi Pierre fut ce malheureux à décrire
On trouve mille défauts au malheur pour, à la porte le faire partir
Dans cette tempête qui redresse entier les dédains de ces dames
Avec toute la famille fit sortir l'amertume de l'âme

De celui qui souffre et vainement doit sur la route courir.
C'est toi, malheur, qui es l'immense livre de l'expérience
Où Pierre, ce résigné, est ce travailleur qui pense
Au demain lugubre où se redresse, devant sa face l'écœurant.
Pierre venait d'allumer les lumières lorsqu'on commanda
D'aider aux apprêts d'une soirée où comédien se montrera
Sous la lumière étincelante qui déjà brille au salon.
Ces personnages qui trament semblent rire de leur vivant
Aux parfums et aux senteurs diverses vers neuf heures de la nuit.
Bientôt l'immense file d'invités maigres et gros,
Grands et petits viennent prendre leurs places, en héros.
Héros de la Comédie humaine à bien des faces.
Héros est un général qui, ivre de gloire, chante les faits de sa race
Héros est l'égoïsme du bourgeois qui rit de sa gloire.
Héros sont les restes des ducs et marquis aspirant à l'avenir [illegible]
Où le Jésuite leur doit renouveler leur richesse peu pure.
Héros est ce Paris mondain qui honore le joueur parfait
Audacieux près des belles, causeur près de ceux qui l'admiraient.
Aussi, Paris mondain est l'élégance, où le bourgeois et le Jésuite
Sont les maîtres de ceux dont il est le Dieu de leurs rites.
Aussi, œil scrutateur de Pierre vit l'écrivain plagiaire
Vendre à son voisin une œuvre qui ne vécut qu'un hiver
Dans ce salon où la beauté mâle est fardée.
Là, des poètes chantent pour la vierge morte-née
Ces louanges qu'un lendemain seront vendues aux camelots.
Dans la vie il y a des larmes qui se sèment en rue :
Mais dans ce salon tout est rire qui sans être émues
Nomment maîtres de tout métier des gens titrés,
Pique-assiettes, mendiants par supplication sans denier.
O ! membres grotesques. Dans la grande salle où se passe ce dîner,
La place d'honneur est au parvenu qui, sans honte, déplie la serviette
D'une courtisane qui trouve un rendez-vous dans son assiette ;
D'une actrice qui sert à ces messieurs de maîtresse ;

Pendant qu'un sourire de domestique fait l'amour aux comtesses
D'une noble fille de maître qui, grimaçant sa figure blanchie,
Devient sombre dans la pensée de leur volupté infinie.
D'un prêtre, l'ami de tout le monde, courtise les vieux restes
Pour tirer quelques écus pour dire ses messes.
Aussi, pour décrire ce dîner où l'on se serre les jambes avec plaisir,
L'Evêque avec son œil railleur qui, sans mentir,
Semble lancer des flammes sur les seins nus décolletés
Fait voir l'amour d'une de ces dames à ce caprice se donner.
Monde Bourgeois qui semble rougir dans sa vertu
N'a point honte de se vêtir d'un masque qui se nomme sans être vu.
Aussi, la femme d'un tel, caresse les jambes d'un cher ami
Ou autre marquise s'amuse avec un curé qui lui sourit.
Et là se cache leur scandale pendant les pauvres gens
Avec la franchise de la sincérité donnent
A l'amour, l'amitié dans son noble désintéressement.
L'heure du repas venait de sonner. Là, se rassemblant
Fit voir ces dames vieilles et jeunes décolletées près des Messieurs,
A table prendre place au bruit de l'argenterie qui comme feu
Brille sous les lumières et les vains mots des conversations
Où la bêtise se vêt d'amabilité se grimaçant.
Le service est servi par des domestiques aux tics étranges.
Tout à coup s'anime la verve des invités qui dans la médisance
Montre ce coup de théâtre où s'entend les éclats de rire.
Ici les œuvres sont méprisées comme nés de vampires
Auteurs. Les Provinciales sont châtiées par la satyre,
Qui montre qu'un Jésuite est Loyola sous mille formes.
Hugo fut un nom ridicule qui fut le noir de Sodôme
Byron est ce vil que l'on dut brûler avec ses poèmes
Dont les chants lugubres montre l'humanité et sa haine.
Que dit-on de Richepin. Son nom fut un ridicule
Bafoué sous un signe de croix. O grand nul
Ton œuvre, avec le Musset fut égorgé par les intrigants

Qui pour se nommer illustres volent l'ancienneté sous leurs noms.
Ici l'on a horreur des intellectuels où Mirbeau, Adam
Et autres amis de la Vérité pour eux sont des fléaux.
Après littérature vint les beaux-Arts. Les Rodins, les Carpeaux
Avec les Delacroix et autres furent des fous sans fond,
Maltraités sur les Balzac, les Gœthe, les Ibsens.
O ! grande fête qui est le centre des mesquins esprits ;
Là était réunis, échauffés dans de vains discours on vit,
Les préjugés qui infects aident la religion à s'armer
A faire venir à leur profit leur roi bien aimé.
Pour eux qu'est-ce qu'un Peuple ? L'esclave qui doit souffrir.
Pour eux qu'est-ce qu'un noble ? Un privilégié qui sur tous doit viv[illegible]
Pour eux qu'est-ce que la guerre ? Force armée, le règne de leur p[illegible]
Pour eux qu'est-ce que la Paix. Décadence où ils ont des débo[illegible]
Si grands aujourd'hui, qu'un comte rastaquouère peut se croire.
Dans cet instant leurs blâmes se portent sur divers hommes
Qu'on eut étranglé s'ils furent parmi eux. Saints de Rome,
Saint-Office des ducs, marquis de colère se tordent de colique,
Sur leur ennemi, l'instruction. Après thèse vient musique.
Tout à coup l'archevêque se leva. Je ne sais s'il est ivre ;
Toutefois comme un prédicateur qui lit un livre,
Fit son discours où se signe le long signe de Croix.
Bientôt Charité fut dans la bouche de l'homme
Ténébreux qui fait avec de l'or volé la force de Rome ;
Un mépris sur les Lamennais, les Jean-Jacques. Malaise
Fut son sourire maudissant quatre-vingt-treize
Comme le siècle du commencement de leur ruine.
Qu'est-ce qu'un philosophe ? Dieu, hérétique le nomme
A le voir brûler dans leur espoir infirme.
Aussi dit-il, On brûlera l'œuvre des mauvais auteurs
Nos ennemis que tous nomment comme libres penseurs.
Qu'est-ce qu'un socialiste ? Hélas ! très-chers frères ;
Ce maudit est l'idée d'une secte de prolétaires

Travaillant à vouloir anéantir la religion catholique.
A cet instant devint rauque sa voix et dans un air cynique
Des louanges démontrent l'ignorance des temps primitifs
Comme un bonheur où tous souffraient du joug vindicatif.
Ne sachant plus quoi dire le saint archevêque
Tout à coup s'assit sous les bravos de ces vils médiocres
Forme de la fête où cette société n'a point de socle.
J'oubliais de dire qu'au milieu des invités,
Il y a un cardinal qui gros, gras, bouffi, et vénéré
En vrai comédien se levant béni ce repas.
Là, tous murmurèrent une prière qu'on répéta
Sur les conversations interrompues où le mondain s'illustre.
Charité catholique ? Toi qui bâtis les couvents et lustres,
Banquier aux lumières qui est un sombre obscur
Fit tout à coup du digne cardinal un Saint inspiré
Qui se levant quitte sa place pour au nom de la Charité
Faire une quête. Les sourcils eurent un mépris mais tous donnèrent.
Pour finir la comédie on se signa d'un signe de croix austère :
Lorsque tout à coup ironique éclate un rire dans la salle
Où les mille regards se portent pour maudire Pierre pâle.
Aussi le mécontentement du maître est l'apprêt de son départ,
Sur ce pavé de la grande ville où des milliers d'agonisants
Courent sans cesse jusqu'au jour où on les ramasse mourant.
Bientôt tous sortirent de table avec les conversations
Qui finirent quand retentit les valses de Strauss
Où le son du piano se mêle au violon qui cause
Avec ennui un déplaisir aux prêtres qui ivres,
Trébuchant, vidèrent le champagne pour suivre
La compagnie. Là, bientôt, la jeunesse dans ses parures
S'agita dans les danses qui finirent au matin à l'azur.

IV

Pierrre sans travail, dans un jour, par hasard
Fit son entrée au Louvre, palais dédié aux divins Arts,
A la vue des chefs-d'œuvre, l'émotion donna fruits
Au raisonnement de cette forme brute où l'idée reluit
Sur un regard, symbolique amour de la Vérité.
L'espèce humaine a des folies qui sont à redouter.
Folie ! est ce fanatisme qui, sans raison, sacrifie
Pour une croyance futile son bien et, plus, sa vie,
Pendant qu'autre avare a, pour Dieu, le toucher de l'or.
Folie ! sont ceux qui ne peuvent définir la raison de l'injuste,
De la vérité, du mensonge, et restent nuisibles arbustes.
Folie ! sont les vices de la paresse qui vivent sur autrui.
Folie ! sont les préjugés, leurs institutions qui sèment fruit
Sur la masse ignorante qui leur donne force et produit ;
Pendant que des folies sont nuisibles, d'autres sublimes,
Ont versé des flots de sang sur des lettres d'or qui, vers la cime
De l'Immortel, gravèrent les noms où le pilori est l'humanité.
Qui donne la folie ? Les dogmes qui honorent la confession.
Armes contre les consciences pour soutenir l'ambition.
Folie ! C'est pour toi qu'un Torquemada fit un tombeau
De l'Espagne et Portugal morts dans les maux.
C'est elle qui fit un Louis Dix-huit, la répugnance,
Qui, sur un trône, détruisit les libertés sans clémence.
C'est elle qui, dans tous les âges ruina les germes de la science,
De la vertu et de la foi. Aussi vile, aujourd'hui dans nous,
Aide la discorde pour être maître des sages et des fous.
Paris ! Babylone moderne ; Paris fin de siècle ;
Au milieu des vertus tu montres, plus bas que la bête,
Ces éduqués qui dans les collèges, en proxénète,
Voulant être modèle des devoirs civils se pâment

Dans l'amour étrange et, pour définir ce vice infâme,
Montrent le prêtre où l'étrange des passions entr'eux
Sèment cette graine où prostitution se donne pour leur Dieu.
Catholicisme païen ! infâme tu es un masque
Où l'homme est guenon et femme mâle fantasque.
C'est de l'Eglise qu'est sorti l'image des siècles immondes
Semant des graines et des monstres qui, sur nous, fécondent.
Lecteurs ! Pierre sortit de la campagne et, le vierge,
Qui veut dire l'enveloppe étrange où submerge
La folie de rester homme comme rares qui se sacrifient
Pour la science, les arts ou la sublime philanthropie.
Conviction ! tu es la créatrice des illustres du monde.
Elle a des poètes, savants, artistes que les jours fécondent
En donnant à tous l'élément où se définit le pain.
Guttenberg n'a-t-il droit à la place de grand Saint ?
Celui qui, aux intelligences, donne l'arme des demains.
Montesquieu ? Où est ta statue ? L'oubli est affigeant.
France ! à qui dois-tu tes libertés ? L'esprit des Lois,
Vaste tableau qui dévoile les caractères des Rois ;
Dans leurs abus honore la vérité dans l'instruction.
Est-ce du sein des cathédrales, Eglises et couvents
Que sortit l'humble inspiré, philosophe, savant,
Créateur des sublimes chefs-d'œuvre amis du progrès ?
Eurent-ils, pour leurs sacrifices, de nos bienfaits ?
Hélas ! Leur étrange misère est un tombeau si sublime
Que la statue est si haute qu'elle n'a point de cîme.
Pourrais-je, Lecteurs ! Te définir ces masques vierges
Qui veut dire celui qui, aux rudes misères qui l'assiègent,
Est l'aide de la famille et son soutien aux tristes soirs.
Vierge n'est point le corrompu qui se soûle de vaine gloire.
Vierge est l'humble étudiant qui défie son entourage
Par l'effet où son œuvre est le reste d'un sage.
Ce n'est point aux Tuileries que Vierge se trouvait de nom.

Aussi, Lupanar Impérial a de la salive où le reste est saitssant.
Vierge ! assemblage des dévouements humanitaires
Qui tira les sciences du grand sein de la terre,
Est si noble, que les nations, à ses pieds, briseront le fer.
Bientôt ! Huit jours venaient de s'écouler, Pierre
Voit ses dernières ressources s'enfuir pour toujours.
Dans le dévouement d'un pauvre homme coure
L'Idée qui, dans le crâne, un désespoir se trame,
La ruine d'un déguenillé qui de faim se pâme.
Lui qu'hier pour sa vie au dur labeur se tue ;
Lui, demain peut-être, malade sera ramassé en rue ;
Lui, devenu vieux, demandera aumône pour ne point mourir ;
Aurait-il peur de la mort où l'on cesse de souffrir ?
Pourquoi le peuple ne veut-on point secourir ?
L'Egoïsme est si grand, d'un homme on ne peut se souvenir.
Pierre venait d'arriver sur une grande place
Où la foule mal vêtue fait son entrée en masse
Dans une grande salle. Là, bientôt, un orateur,
Sur une haute estrade, commence son discours d'une heure
Lorsque, venant vers ce nouveau venu,
Le prit par la main, De ce qu'on a su,
Pierre prit la parole. Sa fière éloquence émerveilla
Ce monde où la vérité se montra
Applaudie par mille bravos. Aussi cette voix inconnue
Fit revivre le pilori où Jesus fut le premier libertaire
Avec les Gracchus, les Combe, les Max égalitaires.
Aux acclamations qui s'élèvent dans l'assemblée,
Tout à coup, des blasphèmes à lui s'adressent.
On se bat, on crie sous les coups, des corps s'affaissent ;
Lorsque d'inconnus bras s'emparent de sa personne
Et, entre la police, Pierre, vers minuit qui sonne,
Quitte la salle. Depuis, on ne sut nouvelles de celui
Qui, dans une heure, avait à des milliers d'êtres appris
Des vérités qui sont crime d'être dévoilées.

V

Dans les bruits et tumultes de la grande ville
Apres une année d'intervalle, un vil
Fut assassin. Depuis un an, dans un sombre cachot
Pierre fut caché par l'Etat qui voue au bourreau
Un être nuisible à la Société. Qu'est-ce qu'un homme
Victime des abus du pouvoir ? Pauvre bête de somme
Est conduite à l'abattoir et là, pour la fête,
On la sacrifie sous les animosités où tombera sa tête.
Un procès criminel fait fortune à bien du monde.
Là, les journaux se remplissent à la ronde,
Pendant qu'un avocat cherche la réputation
Par sa défense. Toutefois, le juge condamne pour la Nation
Où des milliers de naïfs applaudissent l'onction.
Parfois la prostituée reçoit gloire pour ses amours criminelles
Qui la laissent mondaine du Paris spirituel.
Aussi le roi est heureux de voir les divisions
Qu'il sème sur la vile populace ivre de sang.
Parfois il faut au peuple des spectacles. Aussi l'Empereur
A son cirque où se sacrifie des misérables à toute heure.
Il a son théâtre où les comédiens sont des soldats ivres
Qui égaient le Maître par le pillage qui livre
A ses rapines l'or des ruines, l'entretien des courtisans.
Dans un jour, la Grande ville, en foule, pour le jugement,
De Pierre, se précipite au Tribunal où spectateurs
Doivent applaudir l'ordre qui condamnera l'horreur ;
Criminel qui a place entre deux gendarmes.
Au jugement, une multitude est présente, Infâme,
Jette son cri de mort à la vue du misérable
Dont la défense est entre les mains d'un avocat.
Cette voix étudiée bientôt retentit et le crime tombera

Ironique sur Pierre qui, à la fin du discours, rougit
De voir sa vie souillée d'infamie. A tous il dit,
En coupant la parole à son défenseur : Pauvre garçon !
Qui n'aurait fait de mal même à l'enfant ;
Serait-il capable de crimes ? A ces mots, un témoin,
Une femme, qu'il reconnut d'avoir aimé, l'injuria,
Et, dénonciatrice des faux, fut contre lui.
Pierre, de cette infamie, jette à ce sexe son mépris.
Après un court silence, la parole du juge qu'il vit,
Monsieur Vallée, avec de rudes blâmes lui dit :

LE JUGE

Comment, criminel, se nomme votre père ?

PIERRE

Orphelin je suis et seul je reste sur la terre

LE JUGE

Votre nom ?

PIERRE

Pauvre m'appelant.

LE JUGE

Soldat, vos antécédents sont pitoyables.
Aussi, vos chefs comme un être exécrable
Vous ont inscrit sur le livre dé la police.

PIERRE

Quand je portais le fusil, j'ai fait mon service.
Hélas ! mon courage fut l'honneur du Général
Où des milliers, comme moi, se sacrifièrent à l'emblème pâle.

LE JUGE

Après votre crime pourquoi dans vos discours,

Le prêtre, l'armée, l'Empereur et sa cour,
Furent-ils par votre doigt homicide traités d'assassins ?
Misérable et infâme révolutionnaire,
La loi te condamne demain dans la bière.

PIERRE

Ta Société me montre un abîme qui me fait peur.

LE JUGE

De votre crime vous n'avez donc point horreur ?
Criminel ! répondez à ma questiou.
Combien de coups de couteau avez-vous, dans le flanc,
Frappé pour accomplir ce meurtre monstrueux.

PIERRE

Rêverai-je ? Toutefois, ce réel est affreux.
Un Innocent n'a point peur de mourir
De la condamnation de celui qu'on fait mentir
Pour satisfaire la loi, les Juges dans leurs caprices.

. . . .

Mille bras vers lui se précipitent pour l'écharper.
On se bouscule, lorsqu'une voix perça le tumulte.
C'était la peine de mort dont l'insulte
Venait de marquer un cadavre. Pierre, par ses gardiens,
Fut conduit en prison attaché par des liens.
Là, entre quatre murs, dans un noble crâne,
Bien des projets se trament dans un sombre délire
Où les images vacillent de nos anciens souvenirs
Ephémères, restes du rêve de la vie.
Avant l'attente du supplice Pierre bénit l'exécution
Où la mort est l'espace court, fatal d'un instant.

VI

Après quinze jours de là, sur la grande place
Où des maisons aux grands étages regardent en face,
Au milieu se trouve dressée une étrange machine ;
Un piquet de soldats l'entoure. Lorsque la victime,
Conduite par deux aides, s'avance. C'était Pierre
Qui, bientôt, va gravir l'escalier de la Bière.
A cette vue il y a dans la foule un tumulte
Indescriptible qui montre la compassion au but.
Pierre est sur l'estrade et venait, sous le couteau,
De mettre son cou dans l'espace qui se dit un saut,
Fit voir détacher la tête du corps. Ainsi l'Innocent
Donna sa vie pour avoir été nuisible au Tyran.
Lecteur ! il y a bien des tableaux de la mort ici-bas.
Là, sur le champ de bataille, expire le soldat
Pour les victoires qui se font au profit du roi
Pendant que des travailleurs n'ayant ressources, sans toit,
Dévorés par la faim, tombent pour ne plus se relever
Pour avoir été l'effort du poète, savant, ouvrier,
L'honneur de la nation qui, pour récompense,
Lui refuse le pain pendant qu'avec magnificence
Dans un salon, la dignité, pour prolonger son agonie,
Reçoit bons soins sur les sanglots de ceux qui tendent la main.
Qu'est-ce que la mort ? La dernière face de la vie.
Mourir est donc loi pour tous qui vécurent un hier.
Hélas ! la nature fit de tous un composé de chairs,
Qui à la mort laisse de ce tous la poussière
Où l'orgueil humain est la honte sur terre.
Lecteur ! fais réflexion sur ceux qui, vils saltimbanques,
Firent de la religion l'idole somptueuse de leur banque.
Si tu crois à leurs mensonges, pourquoi le prêtre prend l'or

Au nom du Christ, Celui qui, pauvre doit rester jusqu'à la mort.
La vie est la loi naturelle
Où tous vivent et meurent comme les étoiles belles.
Un humain aurait-il pouvoir surnaturel, miracle
Qui fait revenir à autre vie nouvelle ?
Mourir dans les luttes de la vie est la bière
Où jeunes et vieux plient sous sa loi égalitaire,
Loi de la nature où l'humain formé de poussière
Se décompose et redevient terre.
Ayant eu création, nature aura-t-elle fin ? Mystère
Des formes qui dans l'espace, disparaissent pour renaître.

TABLE DES MATIÈRES

ANNONAY (Ardèche). — Imp. J. ROYER.

L'Imprimeur

www.ingramcontent.com/pod-product-compliance
Lightning Source LLC
LaVergne TN
LVHW020325230826
846091LV00003B/777

* 9 7 8 2 3 2 9 7 7 1 2 0 5 *